長編官能ロマン

ヴァージン・マリア

黒沢美貴

祥伝社文庫

ヴァージン・マリア　目次

月夜の誘惑　7
美しき怪盗姉妹　33
プールでの出逢い　41
クリニックの秘儀　62
打倒計画　83
マダムは大きいのがお好き　101
打ち合わせ　118
白雪姫と魔女　127

眩《まばゆ》い美少女　148
『謝肉祭〈Ｖｏｌ．１〉修道女Ｍ地獄』　165
『謝肉祭〈Ｖｏｌ．２〉
マダムたちの奴隷オークション』　194
『謝肉祭〈Ｖｏｌ．３〉生け贄・修道女』　236
フランス人形の秘密　250
囚《とら》われのアリス　266
淫《みだ》らな女医　284
エピローグ　289

月夜の誘惑

　薔薇《ばら》の香りを漂わせ、夏美《なつみ》はゆっくりと足を組み替えた。赤いドレスのスリットから、太腿がチラリと覗《のぞ》く。ゴールドのピンヒールを履《は》いた細い足首には、アンクレットが光っていた。

　ザ・プリンス・パークタワー東京三十三階のスカイラウンジ。カウンターの向こうの窓には、煌《きら》めく夜景が広がっている。ライトアップされた東京タワーや高層ビル群は妖気を放ち、ラウンジにいる人々を酔わせていた。満月が美しく輝く夜だ。

「このキール・ロワイヤル、あちらのお客様からです」

　そう言ってバーテンが、夏美にシャンパングラスを差し出した。ドレスと同じ緋色《ひいろ》のカクテルが、グラスに浮かんでいる。夏美はバーテンが顎《あご》で指すほうを見た。粋《いき》な黒いスーツを着た男が微笑《ほほえ》んでいる。夏美は男に笑みを返した。

「いいかな、ここに座っても」

男は夏美の隣に席を移動し、彼女の返事を聞かずに馴《な》れ馴《な》れしく腰掛けてしまった。

「君のような美女が一人で飲んでるなんて、淋《さび》しいじゃない。僕でよければ、御馳走《ごちそう》させてよ。乾杯しよう」

歯の浮くようなセリフも、伊達《だて》男の彼にはなかなか似合っている。夏美も悪い気はしないのだろう、大きな瞳を潤《うる》ませた。

「ええ……素敵なカクテルを、どうもありがとう」

二人はグラスを合わせ、視線を絡《から》ませた。

「しかし、色っぽいなあ。嬉しいよ、君みたいな人と一緒に飲めて」

キール・ロワイヤルを飲む夏美の口元を見つめ、男が溜息《ためいき》をつく。真紅のルージュで彩《いろど》られた唇に、緋色の酒が啜《すす》られる様は、確かに悩ましいだろう。夏美はゆっくりとカクテルを味わいながら、男を上目遣《うわめづか》いで見た。

「私もよ。……あなたみたいなジェントルマンと一緒にお酒を飲めて」

夏美に言われて、男は笑った。

「ジェントルマンに見えるかなあ。まあ、これでも少しはあるほうかな、地位も金も」

「そうでしょうね。あなたが身に着けているスーツも時計も靴も、すべて高級品だもの。おまけにライターも」

夏美は微笑《ほほえ》み、グラスを傾ける。男は煙草を燻《くゆ》らせながら、夏美を舐《な》めるように見た。

「さすが、目が肥《こ》えているね。そう言う君も、全身高価なもので揃えているじゃない。……そのドレスはエスカーダだろ。赤いドレスが君の透《す》き通る白い肌に映《は》えて、眩《まぶ》しいよ。悩ましいなあ、その胸の谷間。栗色のロングヘアに、華《はな》やかな顔立ち、グラマラスな肢体。なんだかハリウッドの女優みたいだな。どんな仕事をしているのか気になるけれど……それを訊《き》くのは野暮《やぼ》というものだよね」

男がニヤリと笑う。夏美は男に悩ましげな眼差《まなざ》しを送りながら、長い髪を掻《か》き上げた。

「別に野暮《やぼ》ではないわよ。どう？　私の仕事、何に見える？　はっきり仰《おっしゃ》ってみて」

男は夏美の豊かな胸元に目をやりながら、言った。

「僕はあまりテレビを見ないから芸能人をよく知らないけれど、女優やモデルではないだろう。こんなに悩ましい格好をして、こんなところに一人ではいないだろうからね。君は女優並みのルックスだけれど、もっと別の仕事をしているとみた。それにそこらのタレントなどより、豪華な生活をしてそうだからね。そう考えると……」

男の舐めるような目付きに、視線で犯されるような感覚を抱くのだろうか、夏美は身体を少し火照《ほて》らせた。

「なあに？　コールガールとでも思った？」

悪戯《いたずら》娘のような笑みを浮かべ、夏美が訊き返す。男はグラスを傾け、苦笑した。

「いや、失敬《しっけい》。正直、そう思った。だって、あんまり色っぽいからね。フェロモンが匂い立って、全身で男を誘っているみたいだからさ。……本当にそういう仕事では、ないの？」

今度は夏美が苦笑いする。

「残念ながら違うわ。私、お金と引き替えに男と寝るなんてこと、まっぴらよ。タイプの男とは、金銭抜きにして寝るのがポリシーなの。そうでなきゃ、快楽を得ることなんてできないもの。ね、そう思わない？」

夏美の言葉に、男の目が輝いた。

「もちろん、僕も君の意見に賛成だよ。金で女を買っても、ディープな快楽を得ることはできないからね。いやあ、これは気が合うなあ。君があんまり悩ましいから、誤解してしまって悪かったよ。君が知的な女性だって分かって嬉しい。お詫《わ》びに、もう一杯でも二杯でもおごらせてよ」

男がさりげなく夏美の肩に手を回す。夏美はほろ酔い加減で、潤んだ瞳で彼を見つめた。

「私、宝石やブランド品のリサイクルショップを経営しているの。いわゆる質屋ね。本店は青山《あおやま》にあって、全国に五店舗持っているのよ。私がブランド品を持っているというのは、職業柄ね。派手に見えるかもしれないけれど、堅気《かたぎ》の仕事だから安心して。……人を使って仕事をしているから、いつも気が張っているのよ。だから、たまには、こういう景色の良いバーで息抜きしてるの」

夏美の説明に、男は納得したように頷《うなず》く。そしてさらに興味を持ったのだろう、夏美に身を擦《す》り寄せた。

「なるほど、女社長さんか。こんなに美人で仕事もバリバリこなすなんて、カッコいいねえ。ますます惹《ひ》かれちゃうな。五店舗か、たいしたもんだよ。その若さで遣《や》り手なんだな。……まあ、仕事のパートナーというか、パトロンはもちろんいるだろうけれどね」

男はそう言いながら、バーテンにさりげなくフルーツの盛り合わせも注文した。

「うふふ。いざという時、出資してくれる人はいるわ。もちろんその人とは、男女関係ではなくビジネス関係よ。……それより困ってるのは、仕事上でトラブルが起きた時なのよね。今、色々と規制がうるさくなってきているの。だから法律に詳しい人が近くにいればいいんだけれど、いないのよ。思わぬところで違法なことをしてしまって、営業停止になったりしたらイヤですもの」

男はキウイを頬張《ほおば》り、薄笑みを浮かべた。そして胸ポケットから名刺を取り出し、夏美へと渡した。

「自己紹介が遅れました。僕、弁護士の高坂《たかさか》と言います。僕でよければ、これから力になりたいなあ。よろしく」

高坂の名刺を受け取り、夏美は溜息《ためいき》をついた。

「まあ、弁護士さんなのね。色々御相談できそう……」

高坂は少し得意げだった。

「事務所は名古屋《なごや》なんだけれど、あちこち飛び回ってるんで、東京にもよくくるんだ。東京にきた時には、こうして会えたらいいなあ」

そう言いながら、高坂は夏美の髪にさりげなく触れる。夏美は微笑み、曖昧《あいまい》に頷いた。

男は夏美より一回り上の四十歳で、大人の落ち着いた色気が漂っている。

二人が視線を悩ましく交えていると、夏美の携帯電話が鳴った。

「あら……会社からだわ。ちょっと待ってて。すぐ戻ってくるわ」

彼女はそう言ってカウンターを離れ、バーを出て廊下を進み、ひとけのないところで電話に出た。澄んだ声が受話器から流れてくる。

「もしもし、お姉さま？ 冬花《ふゆか》です。ちゃんと計画どおりに進んでます？ まだラウンジにいらっしゃるの？」

相変わらず丁寧《ていねい》だが、どこかクールさを感じさせる妹の口調に、夏美は溜息をついた。

「ええ、まだラウンジよ。弁護士さんと一緒に飲んでるところ。ねえねえ、名刺いただいたわ！　バーで会った女にすぐ名刺をくれるなんて、案外人がいいのね！　名刺も本物よ」

能天気な姉に、今度は冬花が溜息をつく。

「その弁護士、人がいいというより、無類《むるい》の女好きなんだと思いますわ。お姉さま、お願いですから、ちゃんとお仕事してくださいね！　さっきからお電話を待っていたのに、なかなかくれないから、痺《しび》れを切らして掛けてしまったんです！　早く二人きりになって、睡眠薬を使ってさっさと彼を眠らせてしまってください。そして、その後すぐに私にお電話くださいませ。ただちに向かいますので。いいですか、お姉さま、くれぐれも行動は素速く！　高坂はいくら甘いことを言っても、〝悪徳弁護士〟であるということをお忘れになりませんよう。高利貸しと結託《けったく》して、『借金を一本に纏《まと》めませんか』などと言いながら負債者に自己破産させ、その裁判代金で荒稼ぎしてるようなワルなんですから。そんな男にボーッとのぼせてしまってドジ踏まないよう、くれぐれもお願いいたします」

しっかり者の妹の忠告に、夏美は唇を尖《とが》らせる。

「はいはい、分かりました。彼と二人きりになって眠らせたら、電話するわね」

夏美はそう言って電話を切った。

急いでカウンターに戻ると、高坂は水割りを飲みながら待っていた。

「ごめんなさい。……いやね、こんな時間に仕事の電話を掛けてくるなんて。ロマンティックなムードが台無しだわ」

夏美はスツールに腰掛け、気怠《けだる》く足を組んだ。ロングドレスのスリットが大きく開き、太腿《ふともも》が艶《なま》めかしく覗く。高坂は夏美のしなやかな足に目を釘付けにし、唇をちょっと舐めた。

「仕方ないさ、仕事なら。それなりに報酬《ほうしゅう》をもらうってことは、それなりに忙しいってことだ。……ねえ、ところで、君はもっと稼ぎたいって思わない？」

高坂の右手が、夏美の左手に伸び、彼女の指をそっと撫《な》でる。

「なあに？　お金儲けのお話？」

夏美はアーモンド型の大きな瞳で、高坂を見つめ返す。

「うん……まあ、僕と組めば、今よりずっと稼げるようになるよ。それもラクしてね。……そうだな。この話の続きは、僕が泊まってる部屋でしない？　夜も遅いし、バーもそろそろ閉まる頃だ。僕、プレミアム・エグゼクティブフロアのジュニアスイートに泊まっているんだ。三十一階の」

「さすが……素敵なお部屋に泊まってらっしゃるのね」

二杯目のキール・ロワイヤルを口に含み、夏美が目を潤ませる。

「うん。眺め、すごくいいよ。窓もスクリーンみたいに広くて、東京タワーも間近に見えるしね。……どう、部屋に遊びにこない？　もちろん、ビジネスの話もしよう。煌《きら》めく夜景を眺めながらね」

　高坂の指が、夏美のドレスの胸元に伸びる。谷間をそっと撫でられながら、夏美は淫靡《いんび》な笑みを浮かべ、頷いた。

☆

　高坂に連れられて三十一階のジュニアスイートに入り、夏美は溜息をついた。大きな窓に広がる美しい夜景は、軽い目眩《めまい》を誘う。さっきまでいたラウンジよりも東京タワーがいっそう近くに迫り、高層ビル群が輝いている。

　高坂は冷蔵庫からスクリュードライバーのカクテル瓶《びん》を取り出し、夏美に渡した。そして彼はジントニックを持ち、窓の傍《そば》に佇《たたず》んで二人は再び乾杯をした。

「月が綺麗《きれい》ね……。ちょうど満月だわ」

　夏美は囁《ささや》くような声で言い、高坂を見つめた。薄暗い部屋の中、差し込む月明かりに照らされ、夏美の目が猫のように光る。彼女の真紅の唇は、スクリュードライバーで艶やかに濡れている。悩ましいフェロモンがたまらず、高坂は夏美を抱き締め、唇を奪った。

「うん……ううん……」

高坂は熱烈に夏美の唇を吸い上げ、強引に舌を絡《から》ませる。夏美は身を捩《よじ》って抵抗しながらも、次第に感性が痺《しび》れ、蕩《とろ》けてゆく。高坂は彼女の身体をまさぐった。

「いや……ダメ……こんな早く……」

夏美は高ぶり、頬《ほお》を染めて喘《あえ》ぐ。高坂は夏美を窓に押しつけ、背中から羽交《はが》い締めにするように身体を撫で回した。

「ああ……いい身体だ。弾力があって、モチ肌で、触っているだけでイッてしまいそうだ。スベスベ、プルプルしているよ。……ほら、君の乱れた姿を、東京タワーやビルの中にいる人たちに見られているみたいで、興奮するだろ？　うん？」

高坂は夏美の耳もとで囁《ささや》きながら、彼女のドレスの胸元に手を入れ、乳房を掴む。ドレスがはだけ、ブラジャーが露《あら》わになった。ドレスと同じ色の、緋色の下着だ。

「いや……恥ずかしいわ……」

東京タワーから誰かに見られているようで、夏美は羞恥《しゅうち》の快楽に疼《うず》く。アルコールが回った身体が熱く火照《ほて》り、彼女の首筋が汗ばんでゆく。

「ほら……そんなこと言いながら、乳首が堅くなってる。尖《とが》って、伸びているよ。もう、コリコリだ」

高坂は右手を夏美のブラジャーの中へと滑《すべ》り込ませ、豊かな乳房を揉みながら、乳首を摘《つま》んで引っ張る。左手は彼女の腰からヒップにかけて撫で回していた。

「ああん……ダメ……あああっ」

乳房が特に感じる夏美は、高坂の愛撫だけで、身体の芯《しん》が蕩けて崩れ落ちそうになる。夏美は快楽をこらえ、窓に手をつき、身体を支えた。

「ううん、悩ましいなあ。雌動物から発せられるようなフェロモンが匂い立ってる。僕も、もうこんなだよ。……ほら」

高坂は猛《たけ》る股間を、夏美の尻の間へと押し当てた。硬く熱い感触に、夏美の秘肉も思わず疼く。

「ああっ」

夏美は喘ぎを漏らし、官能の戦慄《せんりつ》に唇を噛《か》み締めた。高坂は股間を押しつけながら、今度は夏美のドレスのスリットへと、手を滑り込ませたのだ。

「ああっ、ダメ！　そこは……まだ……ダメ」

夏美は頬を染めて抵抗したが、高坂の手は容赦なく彼女の太腿を撫で回した。

「ふふ……熟《う》れた太腿だな。白くてむっちりと脂《あぶら》が乗ってる。君はこの肉体で、色々な男をたぶらかしてきたんだろう？　うん？　僕も是非《ぜひ》たぶらかしてくれよ。そして一緒に組んで、金儲けしよう。ああ……たまらない」

高坂は息を荒らげ、手をパンティの中へと滑り込ませる。

「あああんっ」

彼に秘部を撫《な》でられ、夏美の身体は微《かす》かに震える。官能で乳首がピンと勃った。

「ああ、濡れてるよ……。君も欲しいんだね。あっ、すごい……蜜が溢《あふ》れかえってる。クリトリスもこんなに大きくなってしまってるよ。熟《う》れきってるなあ……」

高坂は夏美の女陰に中指を入れ、ゆっくりと掻き回す。蜜《みつ》が滑《すべ》る「ねちゃねちゃ」という卑猥な音が、ホテルの部屋に響いた。

「いや……だ……ダメ……あああっ……ああん」

夏美は立っていられないかのように、窓に手をつき、尻を大きく突き出す。高坂は左手で夏美の尻を撫で回し、右手で彼女の秘部を弄《もてあそ》んだ。

「ほら、すごいよ。感じやすいんだね。蜜がどんどん溢れてきて、僕の指に絡みついてくる。クリトリスもぷっくり芽吹《めぶ》いてるよ。ほら……どうだい？」

高坂は夏美の蕾《つぼみ》を親指と人差し指で摘《つま》み、そっと優しく揉んだ。小水を漏らしてしまいそうなほどの甘い快楽が駆けめぐり、夏美は唇を嚙み締め、ますます尻を突き出した。

「ああん……ふううんっ……意地悪……意地悪ぅ……あああっ」

高坂の指のテクニックは絶品で、夏美は思わず自ら腰を振ってしまった。甘痒《あまがゆ》い快楽が、乳首を勃たせ、乳房をますます膨《ふく》らませる。

「ふふ……君ほどの美人の痴態っていうのは、実にそそられるな。ほら、もっと乱れろよ！　ほら！」

高坂は女陰を中指でねっとりと掻き回しながら、親指と人差し指で蕾を嬲《なぶ》った。

「くううっ……はあああっ」

夏美が身を震わせて達しそうになった瞬間、彼は指の動きを止め、ニヤリと笑った。

「ううん……意地悪……うううっ」

蛇の生殺《なまごろ》しの状態にされ、力の抜けた夏美が床へとしゃがみ込む。全身が火照《ほて》り、首筋や胸の谷間が汗ばんでいた。

高坂は夏美を抱き起こし、汗を舐めてやりながら、耳もとで囁いた。

「夜は長いんだ。ゆっくりやろうよ。……ねえ、今度は君独りでやってごらん。窓に広がる煌《きら》めく夜景をバックに、オナニーしてみせてよ。ほら、外国のストリッパーの気分でさ……。思いきりの媚態《びたい》で、僕を挑発してよ。徐々に脱ぎながら、ほら、やってみろ！」

高坂は夏美にストリップの真似事をするよう指示すると、酒を持ってキングダブルのベッドに寝そべった。そして下世話な笑みを浮かべ、ヒューッと口笛を吹いた。

夜の淫靡なムードに酔ったのか、夏美も薄笑みを浮かべ、言われるままに服を脱ぎ始めた。高坂に見つめられながら、思いきり彼を挑発して、激しく勃起させてやりたいような気分なのだろうか。

すると高坂が身を起こし、リモコン片手に大画面テレビを操作して、ＤＶＤを流し始めた。

「ストリップをするのには、音楽があったほうがいいだろ。ローリング・ストーンズのライブＤＶＤを持ってきてよかった。こういうホテルのスイートルームには、ストーンズが合うと思わない？　この〝成り上がり〟感が、性欲をますます刺激するんだよなあ」

高坂はニヤリと笑い、またベッドに横になる。夏美は少し戸惑《とまど》ったが、スクリュードライバーをぐっと飲んで、羞恥を和らげる。〝Ｈｏｎｋｙ　Ｔｏｎｋ　Ｗｏｍｅｎ〟がかかると、夏美は曲に合わせ、悩ましく身をくねらせ始めた。

高級ホテルのスイートルームに、ローリング・ストーンズの歌は合っているようにも合っていないようにも思われ、ゴージャスと野卑が入り混ざり、高坂が言うように性感がますます刺激される。

「なんだかメチャメチャになってしまいたい気分だわ」

夏美は小声でそう言いながら、ドレスを滑り落とした。

「おおっ！　いいねえ！」

夏美の見事な肉体を見て、高坂が思わず叫ぶ。彼女の白く豊満な肉体は、赤いブラジャーとパンティ、そしてガーターベルトにストッキングで包まれていた。下着姿にピンヒールを履《は》いているというのが、また妙にエロティックだ。

夏美は唇を尖《とが》らし、媚《こ》びを含んだ笑みを浮かべ、身をくねらせる。曲に合わせ、乳房を突き出したり、尻を突き出したり、娼婦の気分で挑発する。ブラジャーに包まれた彼女の乳房はまるで大きな果実のようで、高坂は思わず生唾《なまつば》を呑み込んだ。

「ねえ、感じる？」

夏美は窓に手をつき、尻を思いきり突き出して、振り返って淫靡な笑みを投げる。くびれたウエストが、尻の豊かさをより強調させている。Ｔバックのパンティが食い込んだ尻を見て、高坂のペニスはいきり勃った。

「う……うん。感じる……すごく……いいよ。……ああ」

高坂の上擦《うわず》る声を聞きながら、夏美は自分も果てしなく感じていた。彼女はカクテル瓶を持ち、アルコールをまた喉に流し込むと、今度は窓辺に座り込み、夜景をバックに大股を開いた。

熟れた股間に、真っ赤なTバックが食い込み、隠しきれない陰毛が少しはみ出している。夏美のTバックは濡れ光っているように見え、高坂は鼻息を荒らげた。

「ほら、見て。私のいやらしい姿……見て」

夏美は甘い声で誘いながら、下着姿でさらに大股を開いてみせる。見せつける快感で、彼女も激しく高ぶっていた。

「ああ、すごい……いやらしい……もう、我慢できない……ああっ」

高坂が、怒張した股間を手で押さえる。それを見て夏美はさらに興奮し、Tバックの中に自ら手を入れ、自慰を始めた。

「ううんっ……恥ずかしい……ああん……恥ずかしいけど……感じちゃう」

夏美は自ら股間を弄りながら、ストーンズの曲に合わせて腰を淫らに振る。豊かな乳房をブルブルと揺らして自慰をする夏美は、猥褻《わいせつ》な色香を放っていて、高坂を圧倒した。

「ほら、こっちにおいで。そんなに刺激的なことをされたら、僕も射精しちゃうよ。そろそろ挿《い》れさせてくれ」

高坂がベッドの上で手招きするが、夏美は目を妖《あや》しく光らせ、自慰をやめない。Tバックを食い込ませ、蕾を弄《いじ》り回し、蜜を溢れさせた。

「ダメ……私を見て、もっと大きくしなくちゃ。お馬さんみたいに大きくしなくちゃ、挿れさせてあげない」

夏美はそう言いながら、ついにパンティを脱いで、大股を開いた。禁断の秘部がさらけ出される。高坂は思わずベッドから身を起こし、夏美の秘部を食い入るように見た。

「ほらあ、見て。私のここ、ピンク色で綺麗でしょ？　ほら、ほらあ」

夏美は淫靡な笑みを浮かべ、指で女陰を押し広げてみせる。ラウンジでのエレガントな雰囲気からは想像もつかない淫乱ぶりに、高坂は毒気に当てられつつも興奮が極まる。

そして彼の興奮が伝わると、夏美もよけいに高ぶる。彼女はスクリュードライバーを飲み干し、その瓶で秘部を弄り始めた。

「ああっ！　あああっ！　そ……そんなことしちゃ……か……感じる！　ああっ！」

瓶の先っぽを秘肉に出し入れする夏美の姿を見ながら、高坂が叫ぶ。彼の目は情欲で血走り、股間は猛って先走りの液を漏らし、ズボンまで湿っていた。

高坂は忌々《いまいま》しそうな表情でズボンを脱ぎ、ベッドを降りて、夏美の前に立った。そして床に座り込んでいる彼女の顔の前に股間を突き出し、トランクスをずり下ろした。カウパー液の滴《したた》る、男臭いペニスが現れる。馬並みに巨大化したペニスを見て、夏美は悩ましく目を潤ませた。

「君のせいで、こんなに太く硬くなってしまった。責任取ってもらうよ」

高坂はそう言うと、夏美の髪を摑み、仁王立ちで彼女にペニスを咥《くわ》えさせた。夏美は肉棒にむしゃぶりつき、味わった。

ぽってりとした唇を滑らせて竿を擦りながら、舌を小刻みに動かして舐め回す。夏美の口の中はまったりと生暖かく、まるで本物の女性器のようで、高坂はすぐにでも達してしまいそうだった。

「ううん……ふううっ……美味しい……」

夏美はペニスをしゃぶりながら、官能の吐息を漏らし、乳首を突起させる。熟れた美女の淫猥な姿にこらえきれず、高坂は夏美の腕を摑むと、ベッドへと引っ張っていった。

「こんなにイヤらしい女だとは思わなかったよ……興奮させやがって。たっぷり挿れてやるからな」

高坂はそう言うと、夏美のブラジャーとガーターベルトをむしり取った。そして、ピンヒールだけ履かせたままで、彼女の全身を荒々しく愛撫《あいぶ》し始めた。

「靴を履かせたままっていうのが、またいいんだよなあ。興奮する……ああ」

息を荒らげ、高坂は夏美の肉体に没頭してゆく。たわわな果実のような乳房に顔を埋め、揉みしだきながら、大きく息を吸い込んだ。

「ああ……花みたいに甘い香りだ……嗅《か》いでるだけで、イキそう……ううっ」

彼は夏美の肉体を撫で回し、股間をさらに猛らせる。そして彼女の足を大きく開き、その間に腰を割り入れた。夏美の蒸れた秘部からは蜜が溢れかえり、甘い腐臭が漂っている。それは性感を刺激する匂いで、高坂の男根はさらに怒張した。

高坂は夏美の腰を摑み、ペニスを秘肉へと突き刺した。

「ああんっ……大きい……あああぁっ……ああ――っ」

逞《たくま》しいペニスに貫かれ、夏美が甘い叫びを上げる。子宮の奥にまで響いてくるような圧迫感が心地良いのだろう、夏美は肉棒を咥え込み悩ましく腰を振った。

「ううっ……うううっ……いい……ああっ、すごく、いい……くううっ」

夏美の秘肉の感触に、高坂が呻《うめ》く。彼女の蕩けた秘肉はペニスを奥深く咥え込み、肉襞を絡ませて、ねっとりまったり扱《しご》き上げる。生暖かな肉壺の中で、高坂の男根はさらに膨れ上がった。高坂は極度に興奮し、夏美の女陰を荒々しくえぐった。

猛るペニスで勢い良く突かれ、イキやすい夏美はすぐに達してしまった。蕾がヒクヒクと痙攣し、女陰がヌメヌメと伸縮して、蜜がますます溢れかえる。

「ああん……ふううっ……」

夏美は全身に汗を滴《したた》らせ、悩ましく身をくねらせる。彼女の肉壺の蠢きが伝わってきて、高坂のペニスも限界だった。夏美の達した女陰をゆっくりと奥までえぐりながら、高坂も精を噴き出した。

「くうっ……」

凄まじい快楽でペニスを痙攣させ、歯を食いしばって射精する。その射精の勢いは、夏美の身体をも突き動かすほどだった。


一戦を交わし終えてベッドの上でまったりしていると、部屋のチャイムが鳴り、二人は顔を見合わせた。

「フロントかな」

高坂がベッドから起き上がり、バスローブを羽織《はお》ってドアに向かって声を出した。

「はい、なんでしょう?」

するとドアの向こうから、女性の声で返事があった。

「ルームサービスをお持ちしました」

高坂は首を傾《かし》げ、呟《つぶや》いた。

「え? ルームサービスなんて頼んだっけ?」

その時、夏美が大きな声で言った。

「あ、ごめんなさい! 私が頼んだのよ。……さっきあなたがシャワーを浴びてる時。たっぷり運動したから、ちょっと小腹が空いちゃったの。……勝手なことして、ごめんなさい」

高坂はベッドの上の夏美を振り返り、合点がいったように頷いた。

「ああ、そうだったの。いや、それならいいんだ。実は僕もちょっとお腹が空いたところだったからね。じゃあ、夜食タイムといこうか」

高坂はそう言って、ドアを開けた。

「失礼いたします」

一礼をし、ホテルの制服がよく似合う、知的で礼儀正しい女性が入ってくる。彼女はテキパキとルームサービスのワゴンを運び込み、高坂にサインを求めると、「これで失礼いたします。ごゆっくりお召し上がりくださいませ」と言って、素速く去っていった。

「ミックスサンドにシーフードサラダにワインか。これぐらいなら夜中に食べても、胃にもたれないな。美味《うま》そうだ。食べよう」

高坂も腹が減っていたようで、バスローブ姿でサンドウィッチを頬張り始める。夏美はベッドからゆっくり起き上がると、伸びをして、気怠《けだる》そうに微笑んだ。そして彼女もバスローブを羽織り、テーブルの前に座った。

「はい。セックスの後のワインは、格別よ。そう思わない？」

夏美はそう言いながらワインをグラスに注ぎ、高坂へと差し出した。

「うん、僕もその意見に賛成。でもワインを飲みながらのセックスも最高。そう思わない？」

高坂は夏美からグラスを受け取り、妖しく微笑む。夏美も首を少し傾げ、笑みを返した。

「そうね、それもまた、最高ね。この後、しましょうか」

「いいね。是非《ぜひ》しよう。……女はセックスした後が一番綺麗だからね。今、君を見てて、真にそう思う。君となら二度、三度、いや何度でも、やりたいよ」

夏美の悩ましい提案に頷きながら、喉が渇《かわ》いていたのだろう、高坂はワインを一息に飲む。セックスの後のワインは、心地良く身体に広がってゆく。それは眠気を誘うほどで、高坂の目に映る夏美の輪郭《りんかく》が段々とぼやけ始める。何かおかしいと気づいた時には、彼の目は塞《ふさ》がってしまっていた。

「眠ったわね」

椅子《いす》から滑り落ちて床へ倒れ込んだ高坂の頰を何度か叩き、意識がないことを夏美が確認する。そして携帯電話を取り出し、冬花へと連絡した。

「ぐっすり眠ってるわ。早くきて」

冬花はホテルウーマンの姿のまま、ただちに部屋へと戻ってきた。そして夏美をキッと見て、不服そうな顔をした。

「お姉さま、今回も色々申し上げたいことはありますが、ここでは控えます。さっさと仕事に移りましょう」

「はい……さっさと頂戴しましょう」

夏美はバツの悪そうな顔をしながら、妹に従う。

二人はテキパキと行動した。クローゼットを開け、鞄《かばん》の中をチェックする。

「見て。不用心よねえ。セーフティーボックスの鍵、ちゃんと閉めてないわ」

夏美が小声で冬花に言う。クローゼットの中、小型金庫は半開きで、分厚い封筒が見えた。冬花は封筒を取り出し、中に札束が入っているのを確認すると、すぐにボストンバッグへと仕舞《しま》った。

「二百万ね。今日の仕事の報酬でしょう。やっぱり相当あくどいことしてるわね、この弁護士さん」

二人は床に倒れている弁護士を振り返り、そして顔を見合わせてニヤリと笑った。

夏美と冬花は慣れた手つきで財布から一万円札を何枚か抜き取り、時計など金目のものも奪ってボストンバッグに詰めた。

「お姉さま、ありましたわ。今日の一番のお目当ての、ダイヤのネックレス。ほら、燦然《さんぜん》と輝いているわ」

弁護士の鞄の中から宝石が入ったケースを見つけ、冬花が目を潤ませて姉へと差し出す。その宝石を見て、夏美もうっとりとした笑みを浮かべた。

「まあ……素敵。やっぱり悪徳宝石商の顧問弁護士さんは狙い目ね」

二人は宝石もボストンバッグに素速く仕舞い込み、そして今度は部屋のチェックを始めた。出来る限り証拠を残さぬよう、使用したバスローブやタオルなどもすべてボストンバッグに詰め込み、指紋がついていそうなところも拭《ふ》いてゆく。シーツに落ちた髪の毛や陰毛などもすべて拾い、使用済みティッシュもすべてビニール袋の中へ入れ、持ち帰るため、これらもボストンバッグに仕舞う。

それが済むと、二人は素速く服を着替え、夏美は茶色の、冬花は黒のパンツスーツ姿になった。二人はまた顔を見合わせて微笑み、最後の仕上げに掛かった。

倒れている弁護士の傍に行くと、夏美は彼の顔の横に真紅の薔薇を一輪置いた。そして冬花は真紅のルージュで、彼の顔に「Ｍｅｒｃｉ《ありがとう》」と一言そっと書いた。強力な睡眠薬のおかげで、弁護士はイビキをかいて眠り込んでいる。

二人は目で合図をし、ボストンバッグを持って、足取り軽くキャットウォークで部屋を出て行った。

二人はサングラスを掛け、夏美はロングヘアを纏《まと》めて帽子の中に入れ、冬花は黒髪ボブカットのカツラを被った。

このような時は、変にビクビクするより堂々としているほうが怪しまれずに済むので、平然とした態度でロビーを横切り、ホテルの裏口から外に出る。

深夜二時を過ぎていた。

あの弁護士に夏美は顔を見られたが、彼も脛《すね》に傷を持つ身だ、ヘタに警察に駆け込んで彼自身の悪徳がバレてしまうのを恐れ、泣き寝入りということになるだろう。それに女性にたぶらかされて金銭を盗まれたなど、みっともなくて、プライドの高い男なら人に言えない。女性絡みの事件があまり表沙汰にならないのは、男の沽券ゆえである。

姉妹は足早に行き、ホテルから少し離れた場所でタクシーを拾った。

二人は後ろのシートにゆったりと身を下ろし、足を組む。ボストンバッグは冬花がしっかりと握って、膝の上に載せていた。夏美が運転手に行き先を告げた。

「銀座まで行ってちょうだい」

月が輝く夜の中、姉妹を乗せたタクシーが走り出した。

美しき怪盗姉妹

「ああ、よく寝たわ。あら、もうお昼の二時?」

艶めかしいネグリジェ姿で、夏美がリビングに入ってくる。冬花は先に起きて、ブランチを食べながら新聞に目を通していた。冬花は白いシャツとジーンズをセンス良く着こなしている。

「お姉さま、おはようございます。お食事召し上がります?」

トーストを齧《かじ》りながら冬花が訊く。夏美はアクビを噛《か》み殺し、首を振った。

「食事はいいわ。寝起きだし、あんまりお腹は空いてないから。でもジュースは欲しいわね」

そう言って夏美は妹に微笑む。姉の答えを聞くと冬花は食事をする手を止め、立ち上がった。

「分かりました。春野家特製、〝美容と健康ジュース〟を作って参りますので、少しお待ちください」

冬花はそう言って、リビングを出て行った。夏美は満足げな笑みを浮かべ、ソファにゆったりと腰掛ける。

夏美と冬花の姉妹は、赤坂《あかさか》のパークマンションに住んでいた。居住者には外国人が多く、セキュリティも厳重である。車はフェラーリを持っているが、仕事では絶対に使わないようにしていた。目立つ車なので、足がつくのを恐れるためだ。

四十平米《へいべい》あるリビングにはイタリア製の家具が置かれ、薔薇《ばら》やカサブランカや西洋絵画が飾られていた。大きな窓から柔らかな日差しが入り込む、穏やかな秋の午後だ。部屋にはショパンのエチュードが流れている。ふわふわのソファに埋もれながら、夏美はテーブルの上の皿からボンボンを一つ摘《つま》んだ。食欲はなくても、リキュール入りのキャンディには惹《ひ》かれる。ロングヘアを気怠く掻き上げ、夏美はボンボンを口の中で転がした。

「はい、お姉さま。美容と健康ジュースです。どうぞ」

ちょうど夏美がボンボンを舐め終わる頃、冬花がジュースを持って戻ってきた。ザクロとオレンジとクランベリーをジューサーにかけてから、それにコラーゲンを混ぜ、レモンをギュッと搾《しぼ》ったものだ。

グラスになみなみと注がれたジュースを一口飲んで、夏美は溜息をついた。

「うーん、美味《おい》しい。やっぱり冬花が作るジュースは最高ね！　細胞まで、みずみずしく生き返るようだわ」

「お褒《ほ》めのお言葉、ありがとうございます」

冬花は微笑み、椅子に腰掛けた。テーブルを挟んで、姉と妹が向かい合う。冬花はブランチの続きを始め、固ゆで卵を頰張った。

「あー、なんだか肩が凝《こ》ってるみたい。帰ってきたの二時半過ぎてたもんね。ホテル出て、タクシーで銀座に行って、万が一住んでいるところがバレないように、そこで一度降りて。そして、またタクシー拾い直してここまで戻ってきたから。たっぷり寝たわりに疲労が残ってるわあ。もう歳かしら。二十八歳になったばかりなのに……」

そう言って夏美は大きなアクビをした。はだけたネグリジェの胸元から、豊かな乳房が覗《のぞ》いている。冬花はそんな姉にチラリと目をやり、クールな口調で返した。

「お姉さま、こう言ってはなんですが、お姉さまの〝御性格〟が災いしたのではありませんか？　昨夜だって、本当はもっと早く仕事を終えることができたはずですわ」

「あら……私の〝御性格〟って、どういうことかしら？」

妹の冷ややかな物言いに、夏美が頰を膨らませる。冬花はコホンと咳払いし、答えた。

「ずばり、〝男好きで惚れっぽい〟ということです。もっと下世話な言い方ですと、〝好きモノ〟ということでしょうか」

「〝好きモノ〟ですって！」

目を丸くする夏美を無視し、冬花は続けた。

「ええ、そうです。好色ということですわね。お姉さま、ちょっと素敵な男性には、すぐにクドかれてしまうじゃないですか。昨日の彼だって、悪徳弁護士って知っていながら……その……ムードに任せてベッドインしてしまったわけでしょう？　まあ、いいのですよ。無理矢理襲われたわけではなく、お姉さまが自ら望んでベッドインなさるのは。でも、お姉さまがセックスを愉しんでいらっしゃる間、私はじっと待っているのです。昨日、お姉さまがバーで飲んでいらっしゃる時、『早く行動に移してください』とお電話しましたよね。それなのに、お姉さまは私の忠告など無視して、あの弁護士とセックスに励んでらっしゃった……」

妹の話を聞きながら、夏美は頰を膨らませて爪を弄《いじ》る。夏美の爪は、エレガントなフレンチネイルに整えられていた。冬花は続けた。

「お姉さま、セックスを二時間もなさってたんですよ。その間、私は偽名でチェックインした部屋で、息を潜めてじっと待っていたのです。なかなか電話が掛かってこないので、『あ、これは男にクドかれて励んでいるな』と気づき、『切り上げさせよう』とホテルウーマンの変装までして突撃したのです。お姉さま、いくらあちらのほうがお好きだからといって、あんなに私を待たせるなんて……。我儘《わがまま》すぎるのではないでしょうか。別にセックスしなくても、弁護士の部屋に入って、すぐに飲み物に睡眠薬を混ぜて、彼を眠らせてしまえばよかったのですから。公私混同も甚《はなは》だしいのではないかと」

痛いところを妹に突かれ、夏美は言い返せずに沈黙してしまう。唇を噛み締め、上目遣いで妹を見ていたが、ジュースを啜《すす》って開き直った。

「まあ、それもそうね。冬花、あなたの言うとおりよ。私は惚《ほ》れっぽいし、色気を感じる男にはすぐにクドかれてしまうわ。……待たせてしまったことは謝るけれど、でも、男とセックスが大好きっていうのは、別に悪いことではないと思うの。それは私の性格なんだから、大目に見て欲しいわ」

夏美はそう言って足をゆっくりと組み直す。白いネグリジェの裾《すそ》が捲《まく》れて、足の間に黒い繁みが一瞬見えた。夏美は寝る時はノーパンなのだ。艶めかしい姉の態度に、冬花は咳《せき》払《ばら》いをした。

「別にお姉さまの性格を否定してるわけではありませんの。仕事の時に役立つことだってありますから。私には、お姉さまのように殿方を巧《たく》みにたぶらかすことなど無理ですし。そう言った意味で、お姉さまを尊敬しておりますわ」

なんとなくイヤミな口ぶりに、夏美は苦笑する。

「まあ、冬花には確かに無理よね。貴女は男性恐怖症だもの。でも、男性を誘惑するのは苦手でも、調べ上げたり計画を練ったりするのは本当に巧みよね。適材適所ってことよ！　姉妹なのに性格が相反してるから、私たち今まで上手くやってこれたのかもしれないわ。……でも冬花、そろそろ潔癖性を治してもいい頃なんじゃない？　女には絶対に必要よ、愛とセックスは」

夏美は髪を掻《か》き上げ、妹の顔を覗き込むように見る。冬花はコーヒーを啜《すす》り、「ごちそうさまでした」と言って食事の後片づけを始めた。自分の話を無視してキッチンへ行こうとする妹に、夏美が声を掛ける。

「ねえ、シャンパン持ってきてよ。クリスタルがいいな。今日は仕事もないし、昼間から気怠く酔っぱらいましょう。そんな自堕落《じだらく》な時間が、女を艶っぽくさせるのよ」

しかし冬花は何も答えず、隣のキッチンへとさっさと行ってしまった。妹のつれない態度に、夏美は溜息をついてソファに寝そべる。

「まったく……。いくら昔、泥棒に入った家で捕まってレイプされそうになったからって、あそこまで頑《かたく》なにならなくてもいいのに。冬花、あんなに綺麗なのに、女の愉《たの》しみを全《まっと》うできないなんて、もったいないわ。『潔癖性の男嫌い』が早く治ればいいんだけれど」

夏美は独り呟きながら、ソファの上で四肢《しし》を伸ばした。

その冬花レイプ未遂事件が起きたのは、二人がこの稼業を始めたばかりの頃で、今から五年ほど前のことだ。忍び込んだ家の主人に見つかって犯されそうになった冬花を助けたのは、夏美だった。その男を背後から思いきり殴りつけたのだ。ショックで朦朧《もうろう》としている妹を夏美がおぶり、その時は盗みどころではなく、二人は逃げ帰った。

もともと根が真面目な冬花は、その出来事があってから、男性恐怖症のようになってしまった。そんな妹が、夏美は少し心配だったのだ。若くて美しいのに、女として恋愛を愉しめないのは、淋しいように思えたからだ。

姉妹はその事件以来、あることを「げん担ぎ」として忠実に守っている。

それは、「月が美しく輝く夜にしか、行動しない」ということだ。冬花がレイプされそうになった夜は、ちょうど月が出ていなかった。それゆえ計画が失敗したと、なぜか姉妹は思い込んでしまったのだ。確かに、それをげん担ぎにしてから、仕事での失敗はなくなったが。

「はい、お姉さま。お昼からあまり飲み過ぎませんように」

冬花はシャンパンのボトルとグラスを持ってキッチンから戻ってきた。そしてシャンパンをグラスに注ぎ、夏美に差し出した。グラスの中、黄金色の液体が揺れ、泡がパチパチと弾ける。

「まあ、ありがとう！　さすが冬花、話が分かるわ。ほら、あなたも少しお飲みなさい」

夏美は満面の笑みで言うと、妹のグラスへとシャンパンを注いだ。秋の午後、姉妹は乾杯をし、気怠くシャンパンを啜る。夏美はゴールドのキセルに刻み煙草を詰め、ゆっくりと吸った。細長いキセルで健康を害さない程度に吸うのが、夏美の美学なのだ。

「ああ、なんだか気持ちいいわ。今日はボーイフレンドとデートの予定もパーティーの予定もないから、エステにでも行こうかな。ねえ、冬花も一緒に行かない？」

シャンパンが回ってゴキゲンな口調で夏美が言う。

「いいですわね。いつものように、プールで一泳ぎした後、エステで全身トリートメントしていただきましょうよ」

夏美と冬花は顔を見合わせ、微笑む。姉妹の笑顔はまるで咲き誇る薔薇のようで、リビングに艶やかな空気が漂った。

プールでの出逢い

夏美と冬花は、お台場《だいば》のホテル日航《にっこう》へと向かった。二人はこのホテルのスパの会員なのだ。

「うーん、気持ちいい！　やっぱり夕暮れ前の一泳ぎって最高ね」

プールからあがり、夏美がデッキチェアに寝そべる。冬花は姉にバスタオルを渡した。

「泳ぐと、身体の細胞の隅々まで目覚める感じですわね」

そう言って冬花は美脚を組み直した。

ホテルの室内プールには姉妹のほかはあまり人がいず、ほとんど貸し切り状態だ。プールの中、姉妹の美貌は眩《まばゆ》いばかりに輝いていた。夏美は豹柄《ひょうがら》のビキニ、冬花はゼブラ柄のハイレグ水着を身につけている。どちらも露出度が高く、なかなか際どいデザインだ。

「Ｏｈ！　Ｖｅｒｙ　Ｂｅａｕｔｉｆｕｌ！　Ｓｏ　Ｓｅｘｙ！」

傍《そば》を通り過ぎた白人男性が感嘆したように声を掛ける。姉妹は賞賛の言葉など慣れているとでもいったように、「Ｔｈａｎｋ　Ｙｏｕ」と婉然《えんぜん》と微笑み、軽く返した。

白人男性は近くのデッキチェアに座り、姉妹にチラチラと視線を送り続ける。夏美は見られているのを承知で、デッキチェアの上で身をくねらせてみる。豹柄のビキニに収まりきれないほどに豊かな乳房が、ぷるぷると揺れた。推定サイズ、ＧかＨカップはありそうな巨乳だ。いわゆる「ボン、キュッ、ボン」のダイナマイトボディで、いかにもアメリカ人に好かれそうなバタ臭さを放っている。

姉に比べ、冬花は全体的にスレンダーで、乳房はそれほど大きくはない。推定サイズ、ＢかＣカップぐらいであろう。小ぶりだが形の良い胸をしている。姉よりも背が高く、無駄な肉がついていないので、まさに「クール・ビューティー」という形容がピッタリだ。

そして冬花の魅力は、なんと言っても、見事な美脚である。スラリとした長い足は、まるでバンビのようで、男ならむしゃぶりついてみたくなるだろう。

夏美は透き通るほどに色白だが、冬花は適度に日焼けしたテラコッタ色。また髪の毛も、夏美はライトブラウンのロングヘアなのに対し、冬花はダークブラウンのショートカットだ。愛用の香水は、夏美はシャネルの№５もしくはＣＯＣＯ、冬花はショパールのウィッシュ。

夏美がハリウッドのグラマー女優のような雰囲気とするなら、冬花はヨーロッパ系の神秘的なモデルのような雰囲気を漂わせているといったところか。

夏美が真紅の薔薇とするなら、冬花は純白の薔薇とも言える。

結局はどちらも魅力的で、姉妹揃って輝くほどに美しいということだ。そして二人は自分たちのその長所を武器に、優雅な生活を手に入れてきたのである。

「もうちょっと泳いだら、ジャグジーに移動して、それからエステに行きましょう。今日は全身をゆっくりトリートメントしてもらうわ。私は首から乳房を念入りにね。その後、お食事して帰りましょう」

「ええ、お姉さま。私はヒップから脚にかけて、念入りにトリートメントしていただくわ。お食事はどこにしましょうか？　お寿司、中華、鉄板焼き……迷いますわね」

「レインボーブリッジを眺めながら、鉄板焼きがいいんじゃない？　いつものように、フォアグラと鮑《あわび》と伊勢海老《いせえび》と特選サーロインを焼いてもらいましょう」

「最高ですわね、お姉さま。ドンペリが進みそうですわ」

二人は微笑み合う。姉妹の唇はまるでハチミツを塗っているかのように、艶やかに濡れていた。

と、その時、優雅な空気を打ち破るかのような怒声が聞こえた。

「おい！　お前たちが悪さをしてんのは分かってるんだ！　お前らそれでも人間か？　そ

れほどまでして、自分たちの欲望を満たしたいのか！　金が欲しいのか！」

何事かと思い、夏美と冬花は顔を見合わせた。向こう側のプールサイドで、Tシャツにジーンズ姿の男が、デッキチェアに寝ている女に食って掛かっていた。女は相手にしていないといった雰囲気だが、男の怒声はますます激しくなる。

「答えろよ！　この強欲変態野郎！」

その時、女がデッキチェアを立ち上がり、堪忍袋《かんにんぶくろ》の緒が切れたといったように男に怒鳴り返した。

「失礼な男ね！　名誉毀損《めいよきそん》で訴えるわよ！　だいたい、なんで貴男みたいな小汚い男が、ここに入れるのよっ！　どうせ忍び込んだんでしょ。スタッフに言って、つまみ出してもらうわ。下手したら警察行きよ、貴男！」

そして女は勢い良く男をプールへと突き飛ばした。

「うわあ！」

派手な水しぶきをあげて、男がプールに落ちる。それを見て、夏美と冬花は目を丸くした。

男を突き飛ばした女は、「ふん」と言ったような嘲《あざけ》りの笑みを浮かべると、さっさとプールを出て行ってしまった。黒髪を引っ詰めにして、目鼻立ちのハッキリとした、夏美や冬花にも引けを取らぬほどの美形の女だった。乳房も夏美以上に豊かで、白桃のような尻に黒いTバックの水着を食い込ませ、乳房と尻をゆさゆさ揺らして、噎《む》せ返るようなフェロモンを発していた。堂々とした態度といい、高飛車な女王様風といったところか。

「た……助けて！　助けてくれえ！」

プールに落ちた男は、カナヅチなのだろうか、必死でもがいている。放っておいたら、確実に溺れてしまうだろう。

夏美と冬花は目で合図をし、一緒にプールに飛び込んだ。そして二人は人魚のようにしなやかに泳ぎ、男を助けあげた。

「どうもありがとうございました。……いや、情けないとこ見せちゃったな」

姉妹の前で、男はバツが悪そうに頭を掻いた。素直そうな男に、姉妹は顔を見合わせ微笑んだ。

「仕方ないわよ、カナヅチなら。ほら、私たち、困っている人を見ると、助けたくなっちゃうのよ。だから気にしないで。人はやっぱり、助け合って生きなきゃね」

もっともらしいことを言って、夏美は紹興酒《しょうこうしゅ》を啜った。

プールで男を助けた後、姉妹は彼を連れて素速くそこを立ち去った。さっきの女がスタッフを連れてきたら、男が捕まってホテルから放り出されると思ったからだ。どうにか気づかれずに男を連れ出し、ホテルのトイレの中で彼を着替えさせ、今三人は中華レストランの個室の中にいた。

「いや、しかし、すごい料理だなあ！　ホントにこれ、御馳走になってもいいんですか？」

目の前に並んだ料理に、男が感嘆の声を上げる。

「どうぞ、お召し上がりになってください。御遠慮なさらず、お酒もどんどん、どうぞ」

冬花が男に微笑み掛ける。男はビールを飲んでいた。

「私たちも、二人だけで食事するのは、なんとなく味気ないのよ。男の人がいたほうが、活気づいて楽しいもの。プールで出逢ったのも何かの御縁だろうから、今夜はパッといきましょう」

夏美は陽気に言って、フカヒレの姿煮《すがたに》をつつき始める。彼女は性欲も強いが、食欲も旺盛《おうせい》なのだ。

「はい。じゃあ、遠慮なく、いただきます。……うわあ、美味い！　こんな美味いもの食ったのって、初めてかもしんない！　すげえ、美味い！」

男は「美味い」を連発しながら、フカヒレを夢中で食べる。男は浅黒く逞《たくま》しい外見をしていたが、性格は素直そうで、そのようなところに姉妹は好感を持った。

夏美や冬花ぐらいにゴージャスな人生を経験してしまうと、男に高価な料理を御馳走してもらって威張《いば》られるぐらいなら、男に御馳走してあげて素直に喜ばれたほうがずっといいと思うようになる。そういう男のほうが、可愛いからだ。

男はよほど空腹だったのだろう、北京ダック、アナゴの葱巻《ねぎま》き、伊勢海老のチーズソース掛けなどをがっつくように食べた。

「んぐ……こんなに美味いもんを食ったのは……んぐぐ、初めて……美味い！」

「美味い」をあまりに何度も繰り返すので、姉妹は思わず笑ってしまった。空腹がひとまず治まると、男はビールを飲み干し、「ふーっ」と溜息をついた。そして姉妹の顔をじっと見つめ、話し始めた。

「すみません。自己紹介もロクにしないうちに、こんな美味しいものをいただいちゃって。いやあ、ホントに美味しいです。……あ、俺、井手達郎《いでたつろう》って言います。フリーライターで、さっきも取材中だったんですよ。名刺を渡したいんですけど、ズボンのポケットの中に入れてたから、さっきプールに落ちた時に濡れちゃったんですよね。……まだちょっと湿ってるけれど、そのうち乾くと思うから、こんなのでよければ受け取ってください」

達郎は夏美と冬花それぞれに、湿った名刺を渡した。

「ライターさんなのね。なるほど、そう言われてみれば、そんな感じだわ。ワイルドな自由人。ちょっと、おっちょこちょいだけど」

達郎を観察しながら、夏美が言う。達郎は苦笑した。

「そうなんっすよ。初めは小さな出版社に勤めて、アウトドアの雑誌なんかを作ってたんです。でも、性格的に会社員っていうのが合わなくて、五年前に会社をやめてフリーになりました。気持ち的には会社員の時より充実してるけれど、やっぱり、あんまり儲からないっすよ！　もともと、金にはそれほど執着してないってのも、あるけれど。カッコ良く言えば、正義に燃えて世の中の不正を暴いてやりたいって思いで、仕事してるんで。……なんて、青臭いこと言っちゃって、ごめんなさい」

照れたように眉《まゆ》を掻《か》く達郎を、夏美も冬花も優しい眼差《まなざ》しで見ている。達郎は続けた。

「三十一歳の今はレギュラーの仕事も増えて少し余裕が出てきましたけれど、フリーになって二年ぐらいはお金がなくて、家の電気止められたこともありましたもん。あの頃は酷《ひど》い目に遭ったなあ。まあ、熱い魂ゆえにおっちょこちょいで、身体だけは丈夫な肉体派ライターということで、お見知りおきを」

「肉体派ライターって面白いわね」

姉妹はまたクスクスと笑った。貧乏だった頃の話をしても、達郎には悲壮感がまったくなく、そこにまた好感が持てた。

「三十一歳ってことは、私より三歳上ね。申し遅れました、私は春野夏美。こちらは妹の冬花よ。冬花は達郎さんより五歳下ね」

「よろしくお願いします」

姉妹も簡単な自己紹介をした。達郎は夏美と冬花を交互に見て、溜息をついた。

「しかしお姉さんと妹さん、二人ともゴージャスだよねえ！　なんだか俺とは異次元の世界の人って感じだ。こんな女性と知り合えるなんて、夢見てるんじゃないかな、俺」

そして達郎は自分の頬をつねり、「いてっ！」と叫んだ。自分たちより年上なのに子供じみた達郎が、夏美も冬花も可愛く思えた。

「私たちこそ、お知り合いになれて嬉しいわ。……ねえ、ところで、さっきはあの女の人と、何を揉めていたの？　もしよろしければ、お話聞かせてくれないかしら」

さりげなく話を誘導し、夏美がそっと唇を舐める。冬花は紹興酒をグラスに注ぎ、それを達郎へと差し出した。

達郎はちょっと考え、そして真顔になって話し始めた。

「うん。……俺、今、『大徳寺《だいとくじ》クリニック』について調べているんだ。神戸が本院で、東京に分院がある、わりと大手の美容外科医院なんだ」

「ああ、知ってるわ。『大徳寺クリニック』。よく雑誌にも広告が出てるわよね。東京は銀座にあるんじゃなかったかしら」

　夏美が言う。

「そのとおり、銀座に四階建ての病院を持っている。美容外科のほか、審美歯科《しんび》、皮膚科や男性向けの治療もしているんだ。そして、さっきプールにいた女は、東京分院の院長の大徳寺麗子《れいこ》だ」

　打ち解けてきたのだろう、徐々に砕けた口調になってゆく。

「なるほど、院長先生だったのね。そう言えば、どこかで見たことがあると思ったのは、雑誌の広告などで顔写真が時々載っているからね。……でも、どうしてその病院を調べているの？　何か悪いことでもしてるの？　さっき、あの人に、ずいぶん暴言吐いていたわよね。『お前たちが悪さをしてんのは分かってるんだ！』って」

　達郎は忌々《いまいま》しそうに顔を顰《しか》めた。

「うん……。酷いヤツらだよ、あいつらは。前々から脱税など悪い噂は色々聞くんだけれど、決定的な証拠がないんだよね。まあ、脱税ぐらいなら、いいんだ。いつか税務署の手が入るだろうから。でも……性犯罪というのは、やはり許せない」

「性犯罪？」

　男性恐怖症の冬花が、ビクッと身を震わせる。

「そうなんだ。……実は俺の友達の妹が、大徳寺クリニックに行って、被害に遭ったって言うんだ。でも、やはり決定的な証拠がなくて、泣き寝入りしてしまっている。どうもイタズラされたみたいなんだ。大切な友達の妹だから、よけい許せなくって。それで、どうしてもあいつらの悪事を突き止めて、それを公《おおやけ》のもとに晒《さら》してやりたいんだ。警察なんてグズグズしてて、当てにならないしさ」

「イタズラ？」

夏美と冬花が同時に声を上げる。二人とも眉間に皺を寄せていた。

「うん。なんでも美容点滴《てんてき》を打ってもらうためにクリニックに行ったら、点滴の途中で頭がボーッとして意識が朦朧《もうろう》としてきたらしいんだ。それで……」

達郎の話は、こうだった。

彼の友達の妹は点滴を打たれて、意識は微《かす》かにあるのだけれど、身体が動かなくなってしまった。たぶん点滴の中に、何か変なクスリを入れられたのだろう。

その彼女が言うに、『男の医者の顔が近づいてきて、服を脱がされ、体を弄《いじ》り回されて、恥ずかしい格好などをさせられた。意識は微かに残っていても、身体が動かないから抵抗できず、言いなりになってしまった』。そして最悪なことに、彼女は、その一部始終を『撮影されたような気がする』と達郎に言った。『ビデオカメラが回っていた』、と。

達郎が彼女に『警察に届けよう』と言うと、『大切な彼がいるし、コトを荒立てて、恋人や周りの人たちに知られるのがイヤ』と泣きじゃくった。被害者たちは、そんなふうに泣き寝入りしてしまっているのだろう。達郎の友達の妹は、身体を弄られたり裸にされただけで済んだみたいだが、もしかしたらそれ以上の被害に遭っている人もいるかもしれない。

「……どうも、クリニックのヤツらは、政財界などとも結びついているみたいだからな。表沙汰にならないよう、数々の悪行を揉《も》み消してもらっている可能性もある。まったく、反吐《へど》が出そうな程、不愉快なヤツらだ」

達郎はそう言って、紹興酒《しょうこうしゅ》をグッと飲み干した。

「なるほど……相当に悪いヤツらね」

夏美の目が妖しく光る。彼女は紹興酒から赤ワインに移り、グラスを傾けていた。血のような色のワインを口に含み、そっと転がす。

「患者さんにイタズラして、それをビデオに撮るなんて……最低だわ。許せない……」

冬花は蒼白い顔で、唇を震わせる。レイプされかけたことを思い出したのだろう。

「ビデオが回っていたっていうのは不気味だな。もしかしたら闇のルートで、そのビデオがどこかに売られているかもしれない。病院の経営だけで充分に儲かるだろうに、いったいどうしてそれほどまでに金が欲しいんだろう。……あの、強欲姉弟！」

「大徳寺クリニックは、姉さんと弟で経営してるの？」

「うん。東京分院は、姉の大徳寺麗子が院長で、弟の大徳寺勝彦が副院長なんだ。俺の友達の妹にイタズラしたっていうのは、どうもその勝彦らしい。また、あの二人は姉弟といっても、直接の血の繋《つな》がりはない。麗子の父親の再婚相手の連れ子が、勝彦だったんだ。ちなみに麗子の母親は、彼女が高校に入る前頃に病気で死亡している」

「義理の姉弟ってことね」

「そう。あの二人の親は、神戸の本院を経営している。勝彦の母親というのは、もともと本院の看護婦長だったらしい。神戸の本院というのは、別にキナ臭い噂も聞かないから、堅実に経営しているのだろう。しかし東京分院のほうは、叩けば埃《ほこり》だらけだろうな。でも、腕は確からしい。だから政財界の人物たちやその奥方たちにも、たくさんの顧客がいる。その方面から、マスコミを始めゴタゴタを揉み消してもらっているんだろう。それと……これは俺の憶測なんだが、もしかしたら警察官僚などとも繋がっているのかもしれない。ビデオなんかは、政治家や警察にも案外流れているんじゃないかな。……あれ、冬花さん、大丈夫？　顔が真っ青だよ」

達郎は話を中断し、心配そうに冬花に言葉を掛けた。

「ええ……飲み過ぎたのかしら、ちょっと気分が悪くなってしまったわ。ごめんなさい、お手洗いに行ってきます」

冬花はハンカチで口を押さえ、席を離れた。

「大丈夫かな……なんだかエグい話をしちゃったから、冬花さん気持ち悪くなっちゃったんだね。もうやめるか、この話は」

達郎が反省したように、頭を掻く。夏美は真紅の唇に笑みを浮かべ、言った。

「いいのよ、気にしないで続けて。とっても興味深いお話だわ。……あのコは異常に潔癖性のところがあるから、そういう話は苦手だけれど、私は興味を持ってしまうの。達郎さんのお話が真実だとすると、大徳寺麗子って、ただ者ではないわね」

夏美はワイングラスを片手に、そっと身を乗り出す。達郎は煙草に火を点け、燻《くゆ》らせた。

「彼女は最近、テレビにも時々出演しているらしい。俺はテレビってあまり見ないんだけど、『超美人女医』って言われて褒《ほ》めそやされているみたいだね。女性雑誌なんかにも出てるみたいだけれど、どうも噂では、麗子自身が全身整形をしているらしいね。顔だけでなく、体中。さっき間近で見たけど、人工的で、サイボーグみたいだったもん」

「ああ、それは私も思ったわ。あの胸は自然ではないもの。シリコンか食塩水が入ってるわね。きっと触ると堅いわよ。……私の胸は本物だから、柔らかいけれど」

夏美は妖しく微笑み、胸の谷間を見せつけるかのように、少し前屈みになった。オレンジ色のワンピースの胸元から覗く巨乳に、達郎は一瞬目が釘付けになる。

しかし彼は咳払いをして、話を戻した。

「麗子は今、三十四歳だけれど、『年齢不詳の完璧なる美貌』と言われる容姿がすべて作り物かと思うと、なんだか虚しくなってくるな。姉の体の手術はすべて、二歳下の弟の勝彦がしたらしい。そして勝彦の整形は麗子がしたそうだ。まあ、研究熱心な姉弟とも言えるのかな。自分たちを実験台にしてるようなもんだ」

「あら、弟も整形してるの？」

「勝彦も全身してるんじゃないかな。写真見たことある？　目なんか彫刻刀で彫ったような、日本人ではあり得ないような二重だ。切開二重、隆鼻《りゅうび》手術、エラ削《けず》り、皺《しわ》取り、小顔にするためのボトックス注射、脂肪吸引、レーザー脱毛、美容注射……。あんな人工的なルックスなのに、世間では『イケメン医者』扱いだ。あの病院は包茎治療や短小治療もやってるから、あそこも整形してるかもな。ったく、ふざけた野郎だ」

「見た限りでは、姉は顔のほかには豊胸手術してるでしょ。それからお尻にもシリコン入れてるわね。膨《ふく》れ上がったボールみたいだったもの。弟と同様に脂肪吸引、脱毛、美容注射は絶対してるだろうし、全身にもピーリングを掛けて定期的に古くなった皮膚を剝がしているわね。あの不自然な肌の白さは、そうだわ。麗子も性器まで改造してるかもね。すごいわ、サイボーグ姉弟」

達郎は夏美をじっと見つめ、そしてニヤリと笑った。

「ところで貴女たちは、整形してないの？　……なんて訊いたって、正直に答えてくれるわけないよね。いや、すごい美人だからさ、夏美さんも冬花さんも。正直、ちょっと疑っちゃったワケ」

夏美は含み笑いをし、そして答えた。

「いいわよ、別に訊いても。正直に言うわ。私も冬花も、生まれた時のまんま、どこも整形してません。理由は簡単。一度整形したら、一生整形し続けなくちゃいけないから。だって、整形したところって、必ず崩れていくでしょう？　崩れたら修正して、また崩れたらまた修正しての繰り返しになってしまうもの。そして最後にはサイボーグからモンスターになってしまうの。……モンスターになってしまった女性たち、今まで何人か見てきたわ。それを知ってるから、私たちはエステとかスポーツクラブどまりね。美容に大切なのはヘルシーな食事と、そしてなによりも情熱的なセックスっていうのが私の持論なの。整形で人工的になるより、素敵なセックスでみずみずしく潤ったほうがいいでしょ」

夏美の熱弁に達郎はたじろぎ、煙草の灰を落としそうになる。

そこへ、冬花が戻ってきた。

「大丈夫？　ごめんね、気分を悪くさせちゃって」

達郎が冬花に謝る。この時、達郎が冬花に向けた優しい眼差しを、夏美は見逃さなかった。

「ええ、治ったわ。……しかし、酷《ひど》い話よね。私、許せないのよ、そういう卑劣な人たちって。患者さんをなんだと思っているのかしら。そんな人間が医師免許を持っているなんて信じられない。剝奪《はくだつ》されてしまえばいいのに」

真に怒っているのだろう、冬花は厳しい口調で言い、水を一息に飲んだ。そんな妹を横目で見ながら、夏美は妖しく微笑み、甘い声で言った。

「もしかして……それぞれの思惑《おもわく》が一致したかしら」

冬花と達郎が、夏美を見つめる。達郎は煙草を揉み消し、真顔で夏美に問い掛けた。

「ねえ……さっきから訊こうと思ってたんだけれどさ、貴女たちの仕事は何なの？」

夏美と冬花が顔を見合わせる。夏美はワインを啜り、猫のように瞳を光らせた。

「何を仕事にしているように見える？」

達郎は姉妹を交互に見て、言った。

「正直、初めは誰かすごい金持ちの愛人かと思った。所帯じみてないから、奥さんって雰囲気はしないし。でも、それにしては冬花さんは潔癖性だと思って。……そう考えると、お二人で何か事業でも興《おこ》しているのかな。まあ、謎のゴージャス姉妹ってことにしておこうか」

彼の言葉に夏美が静かに微笑む。達郎は続けた。

「俺は、貴女たちが何をしている人でも、まったく構わない。話してみて、悪い人たちではないって分かったから。外見はゴージャスだけど、中身は温かそうだよ、夏美さんも冬花さんも。俺みたいな貧乏ライターに、こんな美味いもん食べさせてくれたんだもん。溺れてるのも助けてくれたし。ホント、いい人だよ、貴女たち。その……失礼を承知で言うけど、夏美さんが高級コールガールで、冬花さんがそのマネージャーっていうのが正体でも、俺はビビらないな。俺は味方だよ、貴女たちの」

少しの沈黙が、三人の間に訪れる。夏美は達郎をまっすぐに見つめ、答えた。

「ありがとう。私たちも達郎さんの味方よ。じゃあ、手を組みましょう。三人で、大徳寺クリニックに挑むのよ。達郎さんの目的は、脱税の裏帳簿とビデオテープの押収。それを公にしてしまうのが、あの人たちを潰すには一番手っ取り早いわ。そして私たちの目的は、彼らがあくどいことをして儲けた金銭よ。たっぷりと頂戴してやるわ。もちろん、達郎さん、貴男にも分け前はちゃんとお渡しするわね」

「金銭……」

達郎はゴクリと唾を飲み、夏美と冬花を交互に見た。夏美は腕を組み、艶やかに微笑んだ。

個室の窓に、お台場の夜景が広がっている。檸檬《れもん》色の月が、柔らかな光を発していた。

「ねえ、お姉さま。初対面の方に、私たちの正体を明かしてしまって、果たしてよかったのかしら。井手さんがいくらいい人そうでも、やっぱり軽率だったような気がするわ」

赤坂のマンションに戻ってくると、冬花が夏美に意見した。しかし夏美はソファに寝そべり、大きく伸びをしてアクビをする。

「お姉さま、『私たち実は怪盗なの。下世話に言えば泥棒ね。一応、表向きは〝美容器具、化粧品などの販売会社経営〟ってことにしているけど』って喋《しやべ》ってしまうんですもの。まさか初対面の人に言うわけないと思ったのに。井手さんって人は、物書きなのよ。私たちのことを何かに書いたりしたら、ああ、もう終わりだわ……」

神経質な妹に、夏美は呑気《のんき》な口調で返す。

「冬花、貴女はホントに心配性ねえ。大丈夫、あの人は私たちを裏切ったりなんてこと、絶対にしないわよ。だって、私たちの正体を明かしたって、『すげー！　ホントに〝美人泥棒姉妹〟なんているんだ！　カッコいいー！　映画みたい！』なんて興奮してたじゃない。計画も練ったし、最後にシャンパンで仲間の誓いを立てたんだから、何も心配することないわよ。達郎さん、おっちょこちょいで人が善さそうだし……。それに冬花に気がありそうだったし。貴女のこと、うっとりした目で見ていたわよ、あのライターさん。一目惚れされたんじゃないの？」

姉の言葉に、冬花は気難しそうな顔をした。

「お姉さま、私……」

何か言い返そうとする冬花を遮《さえぎ》り、夏美が告げた。

「ねえ、冬花。イライラするんだったら、早く寝なさい。大きな仕事が入ったから、また明日から忙しくなるでしょうから。寝不足とストレスは美容の一番の大敵よ」

相変わらず太平楽な姉に、冬花は溜息をつく。

「分かりましたわ。無駄な心配などしないで、今日はもう休みます。お姉さまも早めにお休みくださいませ」

冬花はそう言って、自分の部屋に下がろうとした。

「おやすみなさい。……それと、ルイが今からくるから、邪魔しないでね。私はもう少し、夜を楽しむわ」

　姉の艶めかしい声に、冬花は立ち止まって振り向く。ルイとは、夏美の「ボーイフレンド」、言い換えれば「情人」の一人で、ミュージシャンの卵だ。夏美は、この日仏ハーフの二十歳の男性を、ペットのように可愛《かわい》がっていた。

「はい。承知いたしました。決して邪魔いたしませんわ。ごゆっくりお楽しみくださいませ。でも……くれぐれも睡眠不足になりませんよう。美貌を損ねますわよ。御注意くださいね、お姉さま」

　冬花はクールな微笑を浮かべ、若干《じゃっかん》イヤミっぽく言った。しかし妹のイヤミなど、太平楽な夏美には通じない。

「うふふ。少々寝不足でも、セックスが満たされていれば、女は艶やかでいられるのよ。若い男のエキスをたっぷり吸い取らなくちゃ！　ああん、一晩中ルイを可愛がっちゃおう！」

　むっちりと肉づきの良い身体をくねらせ、夏美が悩ましい声を出す。冬花は呆《あき》れたように肩を竦《すく》め、「ごきげんよう」と言い残し、リビングを離れた。

クリニックの秘儀

大徳寺クリニックは、有楽町《ゆうらくちょう》と新橋《しんばし》のちょうど中間あたりにある。地上四階、地下一階のビルを大徳寺家が十年前に買い取り、病院に改造したのだ。名前の知られたクリニックであり、医師の腕が確かなため、客が途絶《とだ》えることがなかった。

一階が審美歯科、二階が受付と美容外科、三階も美容外科、四階が男性向けクリニック、地下が手術室および倉庫となっている。二階の美容外科は、いわゆる美容皮膚科で、主に脱毛やピーリングや点滴などの治療をしていた。そして三階の美容外科で、目や鼻や豊胸などの手術が行われていた。

地下の手術室は、特別な時に使われる。いわゆるセレブな人々……政財界や芸能界に関する人々……を相手にする時だ。地下の手術室に繋がっている秘密の通路があったので、著名な人々も他の患者に顔を見られずに来院することができた。

ワンフロアごとになかなか広く、二百平米はあるだろう。しかし人件費を節約するためか、大徳寺クリニックはナースは充分揃えていても、医師は三人しかいなかった。麗子と勝彦と、審美歯科医の山岸《やまぎし》だ。美容外科と男性向け治療は麗子と勝彦の二人でどうにかやっていけたし、どうしても忙しい時はヘルプの医師を調達することもできた。麗子は二階に、勝彦は三階にいることが多かった。完全予約制のため、医師の都合でスケジュールを決めることもできたのだ。

「はい、じゃあ、今からプラセンタ点滴をしますね。針を刺す時ちょっとチクッとするけれど、我慢してね」

診療台に横たわった結衣《ゆい》に向かって、麗子が微笑んだ。

「大丈夫です。この前も先生にしてもらったけれど、全然痛くなかったから」

結衣が無邪気な笑顔で答える。大学生の結衣がこの大徳寺クリニックを訪れたのは、今日で二度目だ。美容整形にも興味はあるが、まだ少し抵抗があるので、まずは美容点滴からと思ったのだ。まだ学生の結衣には点滴代も馬鹿にはならない。でも少しでも綺麗《きれい》になりたくて、アルバイトで溜めたお金を使っていた。清楚《せいそ》ゆえに結衣は少々地味に見えるが、端整な顔立ちをしていた。

「結衣ちゃん、まだ大学生でお肌なんかピチピチなのに、贅沢《ぜいたく》ね。プラセンタを打って、もっと綺麗になりたいなんて」

優しく囁《ささや》きながら、麗子が結衣の腕に針を刺す。麗子の目は、妖《あや》しい光を発していた。

「そんな……。今どきの大学生って、みんな、けっこう美容にかけてますよ。だって、誰だって綺麗になりたいじゃないですか。先生を見ていたら、美人って得だって、誰だって思います……よ」

不意に眠気が襲ってきて、結衣は診察台の上で目を瞑《つむ》った。麗子は結衣を見ながら、そっと唇を舐めた。黒髪を引っ詰めにした白衣姿の麗子からは、匂うようなフェロモンが立ちのぼっている。恐ろしいほどの美女が眼鏡を掛けているというのも、なんとも淫靡《いんび》だった。

「結衣ちゃん、眠い？　いいわよ、暫《しばら》く眠ってなさい。点滴が終わるまで」

麗子はそう囁きながら、結衣に顔を近づけた。結衣は眠ってしまったのか、身動きもしない。麗子は微笑み、彼女の頬をそっと舐《な》めた。

「やあ、クスリが効《き》いてきたみたいだね」

診察室の中に、勝彦が入ってくる。白衣姿でニヤけている彼は、いかにも優男《やさおとこ》という風貌《ふうぼう》だ。

「ふふ……。今は意識がなくなっているけれど、もう少ししたら目覚めて朦朧《もうろう》とし始めるわ。勝彦、早く、このコを着替えさせて、好き放題イタズラしなさい。私はそれをビデオに収めるから。……いつものように」

麗子と勝彦は見つめ合い、目を光らせながら、共犯者の笑みを浮かべる。

「そうだね。今日はこの娘を餌食《えじき》に、たっぷり愉しもう。義姉さん」


「ううっ……ううん……」

結衣は診察台の上で、呻き声を上げた。

「頭に鈍い痛みが走って、痺れるようだわ……」

結衣は目をゆっくりと開けた。ぼんやりとしているが、視界が開けてくる。意識はちゃんとあるようだ。

「きゃああっ」

目の血走った男の顔がアップで迫り、結衣は思わず悲鳴を上げた。男はマスクをし、メスを片手に結衣の服を切り刻んでいた。

「た……助けて！　いや、いやあ！」

結衣は叫び続けるが、あまりの恐怖のためか、身体がまったく動かないのだ。

夢か現実か、意識朦朧とする中、結衣は何の抵抗もできず、勝彦にされるがままだ。勝彦は目をギラつかせ、結衣のブラウスを切っていった。

「結衣ちゃん……ああ、白い清楚なブラウスがズタズタにされちゃった。水色の可愛いブラジャーに包まれた君の乳房は、小ぶりだけれど良い形をしている。みずみずしい、熟《じゅく》す寸前の果実のようだ。揉んでいいかい？」

勝彦はそう囁きながら、結衣のブラジャーの中へと手を滑《すべ》らせた。

「きゃあああっ！　やめて！」

結衣は絶叫するが、勝彦の手は彼女の乳房を容赦なく揉みしだく。朦朧とした意識の中でも、彼のニヤけ顔はハッキリと見えた。

「ああ……いい気持ちだ。君の可愛い乳房を揉んでるだけで感じてくる。ああ……勃ってきた」

勝彦は息を荒らげ、結衣のブラジャーを毟《むし》り取る。小ぶりの弾力ある乳房が、ぷるんと露わになった。

「いいねえ。水着の日灼《ひや》け跡がまだ残っている。結衣ちゃん、小麦色だけれど、元の肌は真っ白なんだね。真っ白な乳房に、ピンク色の乳首。乳首、尖《とが》ってるね。感じているのかな？　しかし、この肌色の差が、なんとも卑猥だなあ。ますます勃起しちゃう……」

勝彦は荒い息づかいで、両手で結衣の乳房を揉んだ。鷲掴みにして、荒々しく愛撫する。

「きゃあっ……いやああっ……助けて！」

結衣はぼんやりとした意識の中、勝彦の行為を拒否しつつも、なぜか身体は感じていた。身体の芯から、熱く火照《ほて》るほどに。

勝彦に乳房を揉みしだかれ、結衣は疼いてしまう。ピンク色の乳首がピンと突起していた。

「ああっ……ダメ……」

勝彦は結衣の乳房を揉みながら、顔を埋めて乳首をそっと舐めた。

「美味《おい》しい……初々《ういうい》しい蕾のようだ。硬くて、甘酸《あまず》っぱくて、みずみずしい……ううん」

乳首を咥《くわ》え、しゃぶり、舐め回しながら、勝彦が息を荒らげる。

「い……いや！　助けて！　助けてえ！」

結衣の身体は金縛《かなしば》りに遭ったように動かない。勝彦は突起した乳首を舐め回し、メスで結衣の服をさらに刻《きざ》み始めた。

結衣の肉体が、徐々《じょじょ》に露わになってゆく。

「綺麗だよ、結衣ちゃん。無駄な肉がついていない身体は子鹿のようで、肌は透き通るほどに白い。まだ少女のような身体をしているんだね。豊胸なんてしないほうがいいよ。せっかく感じやすいバストなのに、シリコンを入れたりしたら、感度が鈍《にぶ》ってしまうからね。ふふふ……ああ、美しい」

勝彦は結衣のブラウスとスカートを切り裂いてゆき、パンティとストッキングだけの姿にした。そして目を血走らせながら、ストッキングを摑み、思いきり引き裂いた。

「きゃあああああっ！」

結衣の視界は薄い膜が掛かったかのように些《いささ》かぼんやりとしているが、意識はハッキリしているので、よけいに恐ろしいのだろう。

「可愛い小さなパンティだね……。あ、悪いコだ。こんなに濡れているよ。本当に感じやすいんだな、結衣ちゃんは」

水色のパンティは、愛液でべっとりと濡れ、大きな染みができていた。

「いや……恥ずかしい……」

勝彦の言葉を聞きながら、結衣は羞恥で頰が熱くなる。

勝彦は結衣のパンティに手を滑り込ませ、彼女の秘部を確認しながら薄笑みを浮かべた。

「ああ……中はすごく熱い。蜜を滴《したた》らせ、ねっとり、まったりと僕の指を咥え込む。あっ、引っ張られるようだ……」

結衣の秘肉を指で掻き回しながら、勝彦の股間も膨《ふく》れ上がっていた。

「ああん……ダメ……あああっ」

抵抗しつつも、勝彦の巧みな指遣いで、結衣の花びらは蕩けてしまう。結衣の秘肉は熱を帯びたように、奥まで火照っていた。勝彦の指がクリトリスにまで伸び、弄り回す。

「ううう……はああっ」

疼《うず》いて蕩《とろ》ける秘肉に、結衣は自分でも戸惑《とまど》っていたのだろう。

「ああっ……い……痛いっ」

乳首に激痛が走り、結衣は歯を食いしばった。勝彦が乳首を洗濯ばさみで挟んだのだ。

「痛いのを通り越すと、だんだん気持ち良くなってゆくよ。少し我慢してね」

勝彦はニヤリと笑い、次に結衣の右手首と右足首、左手首と左足首を、それぞれ縄で縛った。結衣は強く抵抗しようとするが、身体が思うように動かず、されるがままだ。彼女は羞恥《しゅうち》で頬が紅潮し、目に涙が浮かんだ。

結衣は手足を縛られ、大股開きを晒《さら》す格好になった。

「あら、なかなかステキな姿じゃない。ふふ……下着に大きな染みを作ってしまって。感度の良い、淫乱な子羊ちゃんね。いいわよ、夢か現実か分からぬまま、もっと乱れなさい」

麗子が現れ、結衣は羞恥の中、愕然《がくぜん》とした。麗子はビデオカメラを片手に持ち、それで自分の姿を撮影していたからだ。

「い……いやあ！　それだけは、やめて！　いや――――――っ！」

結衣は身を震わせて、絶叫する。彼女の露わになった乳房に、濡れたパンティの股間に、麗子は舐めるように肉迫しながらビデオに収めてゆく。結衣は恥ずかしさのあまり、気を失ってしまいそうだ。

「結衣ちゃん、可愛いなあ。恥ずかしがりながら、ますます濡れちゃってるよ。お漏らししたみたいだ。君の股間から、甘酸っぱい匂いが漂っている。ほら、じゃあ、君のパンティの中身を見てみよう。ふふ……」

勝彦は妖しく目を光らせ、手足を縛られて身動きできぬ結衣の股間へと、メスを押し当てた。そしてパンティをゆっくりと切り裂いてゆく。縦にスッと切られたパンティから、結衣の〝具〟が覗いた。

「きゃああっ……いや――――っ！」

女陰が露わになったのが分かり、耐え難い羞恥で結衣は身を震わせる。

「あら、可愛い。陰唇は紅色だけれど、入り口はまだ珊瑚《さんご》ピンク色ね。クリトリスも真珠みたいだわ。……でも、ちょっとヘアが濃いわね。ちゃんと脱毛したほうがいいわよ」

麗子は結衣の秘部をじっくりと観察し、唇をそっと舐める。白衣姿の麗子には、淫蕩《いんとう》なフェロモンが漂っている。引っ詰めの髪に、眼鏡に真紅のルージュというのが、また妙に悩ましいのだ。

「れ……麗子先生、どうして……」

雑誌などで麗子に憧れていた結衣は、不測の事態に激しく困惑《こんわく》する。しかし、この異様な状況に秘肉は疼いて奥から蜜が湧いてくるのだった。

「あら、愛液で花びらが光っているわ。いやらしいわねえ。縛られて濡れる、女子大生の痴態《ちたい》。このビデオ、高く売れそうだわ……ふふふ」

麗子は妖しい声で囁《ささや》きながら、ビデオテープを回し続け、結衣の秘部をズームアップで撮る。

女陰にビデオカメラを近づけられ、結衣は思わず下半身をブルッと震わせた。尾てい骨あたりがゾクゾクとして、下腹がくすぐったくなる。

勝彦は薄笑みを浮かべ、結衣のパンティをもう少し切り裂き、診察するように手で女陰を押し広げる。奥まで丸見えの肉壷を、ビデオカメラは舐めるように撮っていった。

「結衣ちゃんのオマンコを見ながら、色んな男の人がオナニーするわ。嬉しいでしょう。色んな男の人たちのオカズになって。結衣ちゃんのあられもない姿を見ながら、男の人たちがペニスをゴシゴシ擦《こす》って、ザーメンをピュッって出すのよ。うふふ……美味《おい》しいオカズになれるよう、うんと淫らになりなさい。ほら、オモチャで貴女も何度もイクのよ」

麗子は淫靡な笑みを浮かべ、結衣の股間にピンクローターを押し当てた。激しい振動が、結衣の女陰を襲う。

「うううっ……うう――――っ」

くすぐったいような強い快楽に、結衣は声にならぬ悲鳴を上げる。何本もの指で、勢いよく女陰を弄《いじ》り回されているようだ。オモチャなど初めて経験する結衣は、小水《しょうすい》を漏《も》らしてしまいそうだった。

「じゃあ、このローターを結衣ちゃんの蕾に固定して、僕が振動を調節しよう。いいよ、何度でもイキなさい。ふふ、ずいぶん興奮しているみたいだね。乳首が突起して、いやらしいほどに伸びている……」

勝彦はそう言いながら、ガムテープを使ってローターを結衣のクリトリスに固定した。そしてリモコンを手に、振動を弱めたり強めたりして彼女の秘部を嬲《なぶ》った。

「ぐううっ……はああっ……くううーっ」

絶え間ない快楽が襲ってきて、結衣は歯を食いしばる。彼女の全身に、汗が滴《したた》っていた。

「すごいわ、結衣ちゃん。股間から雌動物の蒸れた匂いが立ちのぼってる！　ああ、なんだか貴女の痴態を見ていたら、私までイヤらしい気分になってきちゃった。……もう」

麗子は目を光らせ、結衣の股間に手を伸ばし、女陰の中に指をそっと入れた。

「ああっ……先生……麗子先生……いやぁ」

女性に股間を弄られるのは、なぜか男性に嬲られるよりずっと恥ずかしくて、結衣は泣いてしまいそうになった。でも麗子の指に掻き回されるとそれは気持ち良く、蕾へのローター攻撃とも相まって、結衣はたちまち昇天してしまった。

「ううんっ……あああっ……くうううっ」

秘肉を痙攣《けいれん》させながら、結衣は身をくねらせる。あまりに強い快楽で、ドロリとした白い愛液が垂れ落ちた。

「あらあら、もうイッちゃったの？　若いだけあって感度がいいわねえ。とっても濡れやすいし」

麗子と勝彦が顔を見合わせ、ほくそ笑む。結衣は激しく達して息も絶え絶えだったが、勝彦たちは容赦しなかった。ローターを止めずに嬲り続けた。

「あああっ……はあああっ……」

続けざまの快楽で、結衣は次第に気が遠のいてゆく。感じすぎて、体中が性器になってしまったかのようだ。肉塊になって快楽を貪る結衣の姿は、ずっとビデオテープに撮られていた。

「結衣ちゃんを見ていたら、私もムラムラしてきたわ。ねえ……そろそろ、きて」

麗子が呼ぶと、隣の診察室からナースが現れた。ナースは伏し目がちで、モジモジとしている。小柄だがむっちりとした体形だ。

結衣は遠のく意識の中、その彼女が本当のナースなのか、ナースのコスプレをしている女なのか、はっきり判断できないでいた。

「ほら、ここに四つん這いになりなさい」

麗子は床を指さし、ナースに命じた。ナースは恥じらいで頬を染めながら、言われるがまま四つん這いになった。

「ふふ……むっちりとした、いいお尻をしているわね。いやらしい雌豚だわ」

麗子はナースのお尻を両手でまさぐり、スカートの上から思いきり叩く。

「ひっ……ああっ……先生……」

ナースは敏感に反応し、叩かれるたびに身を悩ましくくねらせる。女医とナースの妖しい戯れを横目で見ながら、結衣は朦朧とする意識の中、女陰を痺れさせていた。

麗子はナースの尻をたっぷり愛撫すると、スカートを勢い良く捲《まく》り上げた。白い制服の下、むっちりとした尻に黒いTバックが食い込んでいるのは悩ましく、結衣は思わず秘肉をヒクヒクと蠢《うごめ》かせた。

「ああ……いやらしいお尻をして。こんなに下着が食い込んじゃってるじゃない！　あら、もうこんなに濡れてるの？　蜜が下着から溢れて、大陰唇を艶やかに光らせているわ。もう、スケベな雌豚ね！」

麗子は甘い声で嬲りながら、ナースの剝き出しの尻を強く打った。パーンと尻を打つ音が、診察室に響く。

「麗子先生……ああん、感じちゃう……もっと……」

ナースは尻を突き出し、スパンキングを享受《きょうじゅ》する。ナースからはM女らしい被虐的な色気が立ちのぼり、レズビアンではない結衣も、彼女を見ているだけで蜜が湧いた。

「ほら！　雌豚！　感じるの？　お尻叩かれて？　変態！」

麗子は冷たい笑みを浮かべ、Sッ気を剝《む》き出しにナースを責め立てる。ナースの尻が真っ赤になるまで、思いきり叩いた。

「ああっ！　先生！　もっと……もっとぶって！　あああっ……イキそう……イッちゃう！　ぶたれてイッちゃう！　先生、もっと！」

スパンキングの快楽に痺《しび》れながら、ナースは恍惚《こうこつ》として身をくねらせる。

麗子とナースの戯れに結衣が高ぶっているのが分かったのだろう、勝彦がリモコンを操り、ローターの振動を最強にした。

「あああぁっ……あ――――っ」

クリトリスの皮を剝かれて肉芽を引っ掻かれるようなむず痒《がゆ》い快感が、駆けめぐる。ナースの媚態《びたい》を見ながら、結衣は再び達してしまった。クリトリスが痙攣し、女陰が泡を吹いて伸縮する。

そしてもちろんその様子も、勝彦が片手に持ったビデオカメラに収められていた。

快楽に呻《うめ》く結衣を横目で見て、麗子はニヤリと笑った。麗子は結衣の傍にくると、診療台に寝ている彼女を見下ろしながら、ゆっくりと白衣を脱ぎ始めた。

朦朧としたまま、結衣は麗子を見ていた。

麗子は紫のブラジャーとTバックそしてガーターベルトを身に着けていた。全身整形と噂されるそのスタイルは見事で、突き出した乳房といい、くびれたウエストといい、ゴム鞠《まり》のような双臀といい、ラバーのように艶やかで弾力のある肌といい、まさに垂涎《すいぜん》ものだ。

紫の下着姿で眼鏡を掛けた女医からは、卑猥なまでの色気が放たれていた。

「ああ……ダメ……先生……」

麗子の悩ましい姿を見ながら、結衣はまたも秘肉を疼かせる。麗子はわざと結衣を挑発するように、Tバックが食い込む尻を突き出してみせたりした。

「ああ……義姉《ねえ》さん。やっぱり義姉さんが一番だ。誰よりも、義姉さんが一番美しく、そして色っぽい。ああ……麗子義姉さん……」

勝彦はビデオカメラを左手に持ち、右手をズボンの中にそっと滑らせる。勝彦は義姉を視姦するように、右手で股間を弄《いじ》り始めた。

「勝彦ったら、中学生の頃から、私を見ると勃起するのよね。ホント、変態なんだから。義理の姉でオナニーばかりして。それも未だに。ふふふ……」

麗子は義弟を一瞥《いちべつ》すると、乳房と尻をプルプル揺らし、ナース責めに戻った。ペニスバンドを装着し、股間に疑似ペニスをそびえ立たせた。ペニスは黒く逞《たくま》しく、光り輝いている。スタイル抜群の女医が疑似ペニスを着けた姿はあまりにも淫靡で、その場の皆が生唾を飲み込んだ。

「ほら、これを舐めなさい。ちゃんと舐めるのよっ！」

ナースの顎を摑んで、麗子が強い口調で命じる。ナースは言われるがまま、麗子の股間の疑似ペニスを口に含んだ。

「ううん……ううっ……美味しい……先生」

ナースは恍惚とした表情で、疑似ペニスを舐め回す。唾液をたっぷりと塗《まぶ》し、舌をねっとりと絡めて、カリから竿の付け根まで丁寧に愛撫し、ディープスロートまでした。

「うぐっ……んぐ……ううっ」

麗子はサディスティックな笑みを浮かべながらナースの顎を摑んで腰を動かし、その口に疑似ペニスを激しく出し入れする。ナースが噎《む》せて吐きそうになるまで、麗子はイラマチオを続けた。

麗子が腰を動かすたび、膨れ上がった乳房と尻がゆさゆさと揺れ、勝彦も結衣も悩殺された。勝彦はリモコンを操作することも忘れて自慰に励み、義姉の勇姿を見ながら一度達してしまった。勝彦がティッシュをズボンの中に押し込んで処理している猥褻な姿を見ながら、結衣は疼いていた。

麗子はナースの口から疑似ペニスを抜き取ると、彼女を再び四つん這いにさせ、バックから犯し始めた。腰を落として疑似ペニスをナースの女陰に密着させ、そしてゆっくりと貫いてゆく。極太の黒い疑似ペニスが、ナースの秘肉に埋め込まれていった。

「あああっ……先生……あ——っ！　ステキ……麗子先生のオチンチン、大きくて堅くて……あああ——っ！」

ナースは麗子の疑似ペニスを咥え込み、激しく身悶えしながら、悩ましい声で喘ぐ。

「ほら、雌豚！　お前は私のこれが大好きだもんね！　ほら、いい声でお泣き！　ほら！」

麗子はナースの尻をむんずと摑み、バックから激しく犯した。麗子が腰を動かすたびに、乳房と尻がまたも大きく揺れる。ナースは我を忘れて、悶《もだ》えに悶える。

「ああっ！　もっと、もっと、えぐって！　先生、その太いオチンチンで！　もっと、奥まで！　はあああっ！」

疑似ペニスを着けた女医にナースが犯される光景は異様なまでにエロティックで、結衣はまたも女陰が痺れてきた。

結衣が疼いていると、診察室にまた別の男が入ってきた。

結衣はその男を見て、一瞬、硬直した。男はスーツを着ていたが、天狗のお面を被っていたからだ。お面を被った男の恐ろしさに、結衣の目に涙が滲んだ。

男は結衣の傍にくると、ズボンを脱ぎ始めた。男は大柄ででっぷりと太っている。結衣の前で、男は下半身を露わにした。疑似ペニスも天狗の鼻も敵わないほどの、巨根だ。茶褐色の巨根は、真っ直ぐにそそり勃ち、先端から液を垂れ流していた。

「いやあ……いやああっ……」

結衣は絶叫し、激しく拒否した。しかし、彼女の下半身は痛いほど疼いている。男のペニスがあまりに逞しくて、結衣の若い性感がくすぐられてしまったのだろう。

「さあ、結衣ちゃん、お待たせしました。麗子女医とナースの淫らな戯れを見ながら、君も欲しくなってしまったでしょう？　たっぷり巨根を味わってね」

勝彦は妖しく囁きながら、ビデオカメラをしっかり結衣へと向ける。そして左手に持ったリモコンでローターを操作し、結衣のクリトリスをまた嬲った。

「ああっ……あああん……はあああっ」

この奇妙な宴に、結衣は身体だけでなく頭の芯まで痺れてしまっている。巨根の男を嫌がりながらも、そのペニスを味わってみたいかのように秘肉は疼いていた。

男は天狗のお面をつけたまま、結衣に伸《の》し掛《か》かった。そして巨根を珊瑚ピンク色の膣に押し当て、ぐぐぐっと奥まで押し込んでゆく。

「いや……あああっ……大きい……すごい……ああ――――っ」

結衣は巨根を咥え込みながら、逞《たくま》しい肉塊の感触に女壺を蕩けさせた。若い女壺は巨根をキュウッと締めつけ、ねっとりと扱き上げる。結衣は貪欲に腰を振った。

「ぐううっ……ああっ、この娘、名器だ……ぐうううっ」

結衣の秘肉をえぐりながら、面を被った男が呻く。勝彦がリモコンでローターの振動を強めると、蕾が感じて結衣の秘肉はさらによく締まる。

「ふううっ……あああん……イク……イッちゃう――――」

蕾をローターで嬲られ、秘肉を巨根で突かれながら、結衣は達してしまった。激しい快楽が駆け抜け、膣が緊縮する。

「ううううっ……引っ張られる……すごい」

面を被った男も、たまらずにペニスを爆発させた。若々しい女陰の中に、大量の精液を飛び散らせる。結衣はエクスタシーを噛み締め、秘肉をまだ痙攣させていた。

そして勝彦は、結衣と男、そして麗子とナースそれぞれの痴態を、目を血走らせながらビデオテープに収めていた。

☆

「はい、点滴終わりましたよ。起きてください！」

麗子女医の声がして、結衣は目をゆっくりと開けた。ぼやけた視界が徐々にハッキリとしてくるが、頭には鈍《にぶ》いような痛みが少しあった。

「よく眠っていたわね。まあ、点滴すると、たいていの患者さんは眠ってしまうけれど」

麗子は慣れた手つきで結衣の腕から針を抜き取り、微笑んだ。

「どうしたの？　気分でも悪いの？　顔色はいいけれど。ツヤツヤしてるわよ」

麗子は笑顔で言って、結衣に手鏡を渡した。鏡に映る自分を見ながら、結衣は手でそっと頬に触れてみた。点滴が効いたのだろうか、確かに血色は良い。

そして結衣は、診察室を眺め回した。

結衣はふと目眩《めまい》がしたかのように、こめかみを押さえた。額《ひたい》に汗が滲んでくる。

「大丈夫？　栄養ドリンクでも飲んでから、帰りなさい。ナースに言って、用意させておくから」

麗子は白衣をきちんと着て、優しい表情を浮かべている。結衣は弱々しく微笑み、頷いた。

服に乱れはないし、下着もちゃんと着けられている。ただ……結衣の下半身は少し蒸れていたが。

結衣は麗子に「ありがとうございました」と礼を言い、診察室を出た。そして駅へ帰る道すがら、独り呟いた。

「あれは……すべて私が見た悪夢だったんだわ。第一、あんなに有名なクリニックで、ありえないことだもの。それにあの部屋は、点滴を受けた診察室ではなかったような気がしたわ」

打倒計画

「しかし、すげえ家だなあ！　広くて豪華で、マンションの三階なのに庭までついてるよ！　うわー、家具も高そうだよねえ！　ヨーロッパの小さな城みたいだ。キッチンだけでも俺の家より広いな」

姉妹の家に通され、達郎は感嘆の声を上げた。素直に驚く彼が可愛く、姉妹は顔を見合わせ微笑む。姉妹が達郎を家に呼んだのは、「大徳寺クリニック打倒計画」を練ることが目的だった。

「まあ、気楽におくつろぎになって。まずはワインで乾杯しましょう」

夏美に促され、達郎はソファに腰掛けた。

「うわ、このソファ。ふっかふかで身体が沈む」

達郎が無邪気に、座り心地の感想を述べる。そんな彼を見ながら、冬花の表情は穏やかになった。やはり達郎は夏美が言うように、自分たちを裏切るような人ではないと思ったのだろう。単純なまでに、人がよさそうだ。

冬花はワインを用意し、それぞれのグラスに注いだ。

「では、打倒・大徳寺クリニックの前祝いということで、乾杯！」

「乾杯！」

夏美が音頭を取り、三人でグラスを重ね合った。

「で、これが参考資料。俺が今まで調べたものだ。大徳寺麗子、大徳寺勝彦の詳しいプロフィール、そして大徳寺クリニックに勤務している医者、ナース、薬剤師、清掃員などすべての名前と簡単な履歴《りれき》だ。それと、大徳寺クリニックの詳しい場所と、中の造り。それから判明しているぶんの著名人の顧客リストだ」

達郎が資料を取り出し、夏美と冬花に渡す。姉妹は真剣な顔つきで資料に目を通した。

「さすがライターさんだわ。詳しく調べてあるわね」

「本当……けっこう名の知れた人も通っているのね。えっ、あの人も？　えっ、この人も？」

顧客リストを見て目を丸くする冬花に、達郎は苦笑した。

「今は芸能人だけじゃなくて、スポーツ選手や政治家も整形する時代だからな。まあ、彼らはメンズクリニックや審美歯科のほうが主みたいだけれど。ちなみに大徳寺麗子も勝彦も、歯はすべて差し歯だそうだ。まあ、そこまでやると、ある意味立派だな」

イヤミっぽく笑い、達郎は煙草に火をつけた。そして鞄《かばん》の中から、今度はテープレコーダーを取り出した。

「クリニックで被害に遭った女性何人かに会って、直接話を聞いたんだ。彼女たちの生々しい告白が収録されてある。俺の友達の妹の話も入ってるよ」

夏美と冬花は顔を見合わせ、息を呑んだ。

「どうやって、被害者たちと会うことができたの？」

「インターネットのブログだよ。美容整形やエステ関係の。ネットで大徳寺クリニックを調べているうちに、自分のブログで『あのクリニックに行って、怖い目に遭った』というようなことを書いている女性たちを何人か見つけたんだ。彼女たちは『ほかに私と同じような目に遭った人はいませんか？』ってブログで呼び掛けてた。ある女性は、『二重整形をしにクリニックに行ったら、麻酔をかけられて、意識が朦朧としたところを裸にされて撫で回されて、それをビデオに撮られた。でもなぜか二重の整形はバッチリ上手くいって、希望どおりの目になった。あれはやっぱり変な夢だったのかなあ』みたいなことを書いていた。それで俺はすぐにコメント欄に書き込んだんだ。『興味あるから、もっと詳しく教えてよ。二重手術の後、下着とか乱れてなかった？』って」

「それで、その彼女に会えたの？」

姉妹が身を乗り出す。達郎は首を振り、溜息をついた。

「それがさ、その彼女がそれを書いた三日後には、ブログごとなくなってた」

「ブログごと？　つまり、裏の圧力が掛かったってことかしら……」

「うん、たぶんそうだろう。顧客の中にはIT関係者も多いし、ブログごと潰すなんてわけないだろう。ブログがなくなってしまったから、その彼女に連絡しようがなくてね。それでまたほかに書いてる女性を探して、今度はコメント欄なんかにトラックバックせずに素速くメールを出したんだ。『お話を是非聞かせていただきたい』ってお願いして、三人ぐらいに会えたね。でも大徳寺クリニックについて悪いことを書いてたブログは、それからすぐに、すべて潰された。なんでもプロバイダーから『違法なことを書いたので、サービスを終了させていただきます』って一方的な通知がくるんだって。まあ、それだけ血《ち》眼《まなこ》になって潰すってのも、逆にやましいことがあるからなんだろうけれどね」

「なるほど。ネットの評判などもマメにチェックしているのかもしれないわね。……その達郎さんが会えた三人っていうのは、どんな被害に遭ったの？」

「うん。三人に共通しているのは、『麻酔、或いは点滴を打たれて意識がボーッとし始めた』ということ。そして『男の医者に服を脱がされ、裸にされ、色々なところを触られた』、『女医が淫らなことをしているのを見せつけられた』、『その一部始終をビデオテープに撮られた』ということだ。しかし、彼女たちの証言が力を持たないのは、なによりも証拠がないからなんだ。彼女たちは口を揃えて言うんだよ。『そのような被害に遭ったような気が確かにするけれど、夢だったのか現実だったのか分からないような気もする』って。三人のうち二人は、『医者ではない別の男にレイプされたような気もする』って言ってるんだけれどね」

「イヤ……酷いわ」

冬花が顔を顰《しか》める。夏美は妹の肩をそっと抱きながら、達郎に言った。

「麻酔や点滴の中に、変なクスリを混ぜているんでしょうね。幻覚剤のような。……しかし、許せないことだわね」

「うん。きっとそのビデオテープをＶＩＰたちに高額で売ったりして、汚く儲けているんだろうな。表向きは美容クリニック、そして裏の顔は性犯罪者集団だ。……ったく、絶対に許せん！　あいつら、今にギャフンと言わせてやる！」

達郎の怒りに満ちた声に、姉妹も大きく頷いた。

まずは夏美が勝彦に近づき、冬花が清掃員として病院に入り込むことにした。達郎は麗子に顔が割れてしまっているので、病院に近づくことはできないゆえ、麗子と勝彦の自宅の周辺などを調べることにした。裏帳簿は自宅に保管している確率が高いから、忍び込む時のことを考え、家の造りやお手伝いの有無などを予《あらかじ》め知っておいたほうがよいと考えたのだ。

三人は素速く行動に移した。

「ねえ、ここ空いてるかしら?」

ロングヘアを掻き上げ、夏美が微笑んだ。

西麻布《にしあざぶ》の静かなバー。店内には水槽があり、熱帯魚が泳いでいた。

「どうぞ。右の席でも左の席でも、どちらでも空いてますよ。貴女みたいな美人は大歓迎だ。一緒に飲みましょう」

夏美を舐め回すように見ながら、勝彦は言った。妖しい笑みを浮かべ、夏美は勝彦の隣に腰掛ける。二人はカウンターに並んで座った。勝彦はバーテンに声を掛けた。

「ねえ、彼女にマティーニを作ってよ」

完璧に整っている勝彦の横顔を見ながら、夏美は微笑んだ。バーテンがマティーニを差し出し、二人はグラスを合わせた。

「嬉しいわ。貴男みたいな美男子と乾杯できるなんて」

ロングヘアを弄り、夏美が甘く囁く。勝彦も笑みを浮かべ、夏美を眺めていた。

「君こそ輝くばかりの美女じゃない。目鼻立ちがハッキリしていて、肌が物凄《ものすご》く美しい。白くて、きめ細やかで……それに、胸も見事だ」

勝彦の視線が、夏美の胸元に釘付《くぎづ》けになる。夏美はデコルテの大きく開いた服を着て、胸の谷間を見せつけていた。

「うふふ……ありがとう。美男子に褒《ほ》められると、より嬉しいわね」

夏美は甘い声で囁き、マティーニを啜る。胸元に揺れるダイヤのネックレスが、彼女の豊かな乳房をさらに強調させている。勝彦が訊いた。

「ねえ、その胸は本物？　それとも……整形してるの？」

夏美はフッと笑い、彼を見つめて答えた。

「本物よ、もちろん。……だから男性にも心おきなく揉んでもらえるわ。いくら激しく揉んでも、シリコンや食塩水の袋が破れたりしないから」

勝彦は彼女の胸元を舐めるように見つめ、水割りを啜る。

「本物か。スリムな身体に不釣り合いなほど盛り上がってるから、てっきり豊胸しているのかと思ったよ。いや、天然の胸なら見事だ！」

勝彦は感心したように独り頷《うなず》いている。夏美は、彼の観察するような視線に苦笑した。

「なんだか整形に詳しいみたいね」

さりげなく振ってみる。勝彦はとぼけたような笑みを浮かべた。

「うん、まあ、そういう関係の仕事なんでね」

「そういう関係……じゃあ、芸能界のお仕事かしら？　それとも、美容外科のお医者様？」

小首を傾げ、夏美がわざとらしく訊ねる。勝彦は自信に満ちた態度で答えた。

「うん。医者なんだ、僕。銀座でクリニックをやってる」

「まあ、お医者様なのね！　美男子で頭脳明晰《めいせき》なんて、素晴らしいわ。さぞ、モテるんでしょうねえ……」

勝彦を乗せて油断させるため、夏美はわざと褒めちぎった。

「ふふ……モテなくはないけど、君が考えているほどではないよ。あ、失礼。君の名前は？」

「夏子よ」

媚《こ》びを含んだ笑みを浮かべ、夏美は答えた。

「夏子さんか。いい名前だ。貴女の華《はな》やかな雰囲気に合ってるよ。あ、僕は勝彦。どうぞよろしくね」

「ええ、よろしくお願いします。……勝彦さんも、ステキなお名前ね。〃勝ち組〃の貴男にピッタリだわ」

二人は見つめ合い、グラスを傾け、もう一度乾杯をした。

「夏子さんは、本当にどこも整形していないの？」

「ええ。メイクを念入りにするぐらいね」

そう言って夏美はクスクスと笑った。

「ナチュラルでそれだけの美貌なら、たいしたものだよ！　いや、仕事柄、人工美女ばかり見ているから、天然美人を見ると、なんだか感激するんだ」

「あら、でも私、整形に興味がないわけではないのよ。三十代になって皺や弛《たる》みがでてきたら、皺取りやリフトアップも考えなきゃって思うもの。太ってきたら、脂肪吸引も必要になるかも」

勝彦は夏美をじっと見つめ、そして、大きく頷いた。

「さすが夏子さん。美に対する意識が高い。そう、今はよくても、歳をとるに従って、整形が必要になる場合もあるからね。その時は、遠慮せずにカウンセリングにきてください。夏子さんみたいにもともと美人のほうが、整形映《ば》えするからね。医者の立場から言うと、美女をより美しく改造するほうが、楽しいんだ。手応えがあってね。整形したくなったら、いつでもいらっしゃい。美人は大歓迎だ。安くしておくからさ」

勝彦はそう言って、胸ポケットから名刺を取り出し、夏美へと差し出した。『大徳寺クリニック・副院長』と書かれた、本物の名刺だった。

「まあ、ありがとうございます！　お名刺、大切にしますね。まずはプラセンタ注射でも打ってもらおうかしら」

アーモンド型の目を光らせ、夏美が妖しく微笑む。美女との会話で気分が良いのだろう、勝彦は酒が進んでいた。

「うん、注射もいいけど、お薦《すす》めは点滴だね。プラセンタ点滴。各種ビタミンとプラセンタをミックスした、贅沢な点滴だ。美容だけでなく疲労などにもバッチリ効くよ。……美貌がさらにパワーアップして、そして、点滴を打っている間は、夢見心地の気分でいられるよ。……ふふふ」

その時、勝彦の目が光ったような気がして、さすがの夏美も背筋が少しザワッとした。

「確かに注射より点滴のほうが効果はありそうね。是非今度、お伺いさせていただきます。……ところで、勝彦さん、ワイン飲みません？　お名刺もいただいたし、私から勝彦さんへ御馳走させてほしいの。素敵な出逢いを祝福して、今宵は思いきり飲みましょう」

夏美はそう言って、バーテンにワインをボトルで注文した。

「シャトー・マルゴー！　僕、大好物なんだ。御馳走してもらって、本当にいいの？」

ワインに目がないのだろう、勝彦が興奮して声を荒らげる。

「もちろん。お近づきの印《しるし》に、奢《おご》らせてください。仲良くやりましょう」

夏美は悩ましく微笑み、勝彦のグラスにワインをたっぷりと注いだ。

「うん、美味い！　さすが高級品だけある。いくらでも飲めそうな、ソフトな口当たりだ」

勝彦は感嘆の声を上げ、なみなみと注がれたワインを飲み干してゆく。そんな彼を見ながら、夏美はニヤリと笑った。

「豊胸の乳房っていうのは、あまり激しく揉むことができないからね。やっぱり自然のままの女体というのが最高なんだよね、本当は」

酔いが回るにつれ、勝彦は饒舌《じょうぜつ》になってゆく。夏美は悩ましげな表情で、わざと挑発的なことを言う。

「私の身体、撫で回してみたい？」

勝彦は夏美の胸の谷間に目をやりながら、言った。

「もちろん！　君の豊満な肉体を愛撫したい。時間を掛けて、じっくりとね。そして、気の済むまで観賞したいな」

「観賞? それだけ? その後は何もしないの?」

勝彦のグラスにワインが少なくなると、夏美はすぐに注ぎ足した。

「うん。実は僕はねえ、あまり普通のセックスというのは好きではないんだよ」

ワインを飲み過ぎて呂律《ろれつ》が怪しくなっている勝彦に、夏美はほくそ笑む。酔ってる人は大胆なことを訊いても、調子に乗って本音で答えてくれたりする。

「あら、普通のセックスがお好きじゃないって、じゃあSM?」

「うーん。SMっていうか、まったくセックスしないというわけではないけれど、誰とでもセックスするわけではないんだ。女性の肉体を愛撫するのは好きなんだけれどねえ。あと、女性の身体を眺めながらオナニーするのが大好きで、それを誰かに見られると、めちゃめちゃ興奮するんだよ」

「なるほど。お医者様らしく、なかなか倒錯《とうさく》した性癖をお持ちね。セックスは恋人とだけということかしら」

夏美は唇をそっと舐め、勝彦を見つめる。彼は目をどんよりとさせ、今にも椅子から落ちそうだった。

「恋人……。そうだね、恋人というか、ある決まった人とだけだよ、セックスするのは。その人とのセックスが最高すぎて、ほかの女とはする必要がないんだ」

夏美は勝彦に顔を寄せ、彼の耳もとに息を吹き掛け、囁いた。

「ねえ、先生。差し支えなければ、その相手って誰か教えてくださらない？　身近な女性かしら？　先生のクリニックで働くナースとか？」

勝彦は澱《よど》んだ笑みを浮かべ、酒臭い息を漂わせながら、夏美の耳もとへ顔を近づけた。

☆

「ふうん。ずっと家政婦紹介所に勤めてたの。じゃあ、掃除は得意ね」

大徳寺クリニックの看護婦長である嘉子《よしこ》は、冬花が持ってきた履歴書《りれきしよ》に目を通しながら言った。

「はい。勤務時間は、早朝でも深夜でも構いませんので、よろしくお願いします」

殊勝《しゆしよう》な態度で冬花が頭を下げる。嘉子は観察するような目で、じろじろと冬花を見回した。冬花は髪を黒に染め直し、地味な紺色のスーツを着て、化粧もせず眼鏡を掛けて、わざと野暮《やぼ》ったい格好をしていた。

「そう。じゃあ、しっかりお仕事してもらおうかしらね。貴女、真面目そうな人だし。明日から早速きてちょうだい。朝の六時から、ほかのお掃除の人と一緒に三人でやってもらうわ」

「はい。妹が病気になって今生活が少し苦しいので、どんなお仕事でもやらせていただきます。よろしくお願いいたします」

冬花は頭を深々と下げた。

次の朝、冬花が病院に行くと、先輩の清掃婦である玉江《たまえ》とスズが仕事を教えてくれた。二人とも五十代の女性だ。

「あんたは今日が初めてだから、私たちの仕事の様子をよく見ておきなさい。四階から順々に掃除してゆくから。ホントは一人がワンフロアを受け持つんだけれど、今日は特別ね」

玉江に言われ、冬花は頷いた。

三人はエレベーターで四階に上がり、玉江とスズは手際よく掃除し、冬花も黙々と働いた。

「ここが院長室よ。院長はうるさい人だから、隅々《すみずみ》まで丁寧《ていねい》に掃除するように」

「はい」

冬花は返事をし、それとなく院長室の中を見回した。二十畳ぐらいの広さで、大きなデスクと書棚、テーブルにソファが置かれ、絵や花が飾られていた。

隠しカメラはあるのだろうか。裏帳簿はここにはないのだろう。隠してあるとしたら、きっと自宅のほうだ。

冬花はテキパキとモップを掛けながら、そんなことを考えていたのだろう。

四階から一階まで掃除が済むと、スズが言った。

「これで終わり。どう？　慣れないと、けっこうたいへんでしょう」

「いえ、そんなことないです。明日からもガンバります。……ところで、地下は掃除しなくていいんでしょうか？」

冬花が疑問を投げ掛ける。エレベーターは一階までしかなく、一階から地下へ行く階段には「関係者以外立ち入り禁止」という立て札が立てられていた。

「ああ、地下は私たちは立ち入ってはいけないの」

「そう。地下には、このクリニックにお忍びでくるＶＩＰの人たち専用の手術室や入院施設があるのよ。芸能人とか財界人とかさ。地下は、どうやら専用の清掃婦がいるみたいよ。私たちもよく知らないんだけれどさ。結局、私たちはお呼びじゃないってこと。だからあんたも無闇に地下には近づかないほうがいいわよ」

玉江とスズに注意され、冬花は「分かりました」と頷いた。そしてもう一度、地下へと通じる階段に、さりげなく目をやった。

「あのクリニック、やっぱりかなり儲けているわね。銀座で経営している美容外科って、ほとんどがビルの中に入っているけれど、あそこはビル丸ごとが病院ですもの」

腕を組み、冬花が言う。姉妹の家で、三人はまた作戦を練っていた。

「古くからある有名なクリニックでさえ、たいていはビルの一フロアか二フロアだけで経営しているのにな。冬花さん、隠しカメラがついているかもしれないから、注意してね」

達郎の忠告に、冬花は頷いた。

「大徳寺勝彦も酔っぱらった勢いで変な性癖を自分から暴露しちゃったし、あの病院、やっぱりおかしいわ！　手術中に何が起こっているか、冬花、くれぐれも気をつけて調べてね。まあ、貴女はいつも細心の注意を払って活動してくれるけれど」

姉の言葉に、冬花は静かな笑みを浮かべる。夏美は家の中でも相変わらず悩ましい格好をしていた。

「ええ、もちろん気をつけます。清掃服のポケットに、超小型のカメラと隠しマイクを常備しているから、証拠現場を目撃したら、それに記録してしまうわ。絶対に見つからないように」

「よろしくお願いね。冬花はいつも真面目に働いてくれるから、本当に助かるわ。私は達郎さんと一緒に、大徳寺姉弟が住んでる家を偵察してくるわね」

夏美はそう言って、ブランデーを垂《た》らしたコーヒーを啜る。すると彼女の携帯電話が鳴った。ボーイフレンドからのお誘いのコールだ。

「ごめんなさい。ポールがディナーの迎えにきてくれたの。イタリアンレストランで御飯食べてくるわね。……あ、もしよかったら、貴方たちも一緒に行く？」

ポールとは、腰の動きが情熱的なイギリス人のダンサーである。

達郎と冬花は顔を見合わせ、ほぼ同時に同じことを言った。

「私たちは作戦を練ってますので、お二人で楽しんできてください。ごゆっくり、どうぞ」

夏美はソファから立ち上がり、悩ましく伸びをした。唇が妙に艶々《つやつや》としている。

「じゃあ、ちょっと出掛けてくるわね。貴方たちも根詰《こんつ》めないでね！　人間、楽しみは必要なんだから。仕事ばかりじゃ枯《か》れちゃうわよ」

そして夏美は「うふふ」と笑い、支度をするため、鼻歌を歌いながら自分の部屋へと向かった。そのお気楽ぶりに、冬花と達郎は大きな溜息をついた。

夏美がいなくなってから、達郎は冬花をじっと見つめた。冬花は背筋を正し、ソファに優雅《ゆうが》に腰掛けている。彼はポツリと言った。

「そうなんだよな。お姉さんが言うように、冬花さんは本当に真面目だ」

冬花はレモンティーを飲みながら、達郎を見つめ返した。

「ねえ、冬花さんはそれほど真面目なのに、どうして泥棒なんてことをしているの？」

冬花の手が止まった。冬花は顔を少し強張らせ、ティーカップを受け皿に置いた。一瞬、気まずい空気が漂う。

「どうだっていいでしょ、そんなこと」

冬花は無愛想に、一言そう返した。いつも丁寧な冬花の突き放したような言い方に、達郎は彼女を不快にさせてしまったと悟った。気まずいムードを打ち消したいかのように、彼は努めて明るい口調で言った。

「あ、よけいなこと言っちゃったかな。仕事の事情まで詮索するなんて、大きなお世話だよね。……ホント、ごめん！」

達郎は謝ったが、冬花は無言のまま椅子を立ち、自分の部屋へと入ってしまった。

広いリビングに独り取り残され、達郎は顔を両手で覆い、溜息を漏らした。

マダムは大きいのがお好き

「はい。十日経ちましたから、今日からセックスが可能ですよ。いっそう逞しくなったペニスで、思いきり愉しんでください！」

勝彦は笑顔で言った。患者は健太《けんた》という二十代後半の男で、クリニックで亀頭増大の手術を受けたのだ。ヒアルロン酸をたっぷり注入して大きくなったペニスに、健太は大満足だった。

「先生、ありがとうございます。いやあ、デカくなりました！　これで女にますますモテるようになればいいのですが。このチンポで、離れられなくさせてやりたいですよ！」

茶髪を掻《か》き上げながら礼を言う健太に、勝彦は微笑んだ。

「貴男のようなイケメンで、それだけペニスが大きかったら、女たちはもう離れられませんよ。ホストの御商売、ますます繁盛ですね！　……では、どうです、あの話。有閑《ゆうかん》マダムを御紹介しますよ。政財界の有力者の御婦人ですから、そのような女性をパトロンに持ってておくのは心強いと思いますが。その大きなペニスで、有閑マダムを昇天させてあげてください」

勝彦の話に、健太はニヤリと笑う。

「で、俺はそのマダムとヤッて小遣いをもらえるのかあ。手術代、チャラになるな。いやあ、有り難い！　さすが、ＶＩＰを顧客に持つ大徳寺クリニックは違うね！」

健太は無邪気にはしゃぎ、勝彦は笑みを浮かべる。健太をマダムに紹介することによって、病院も儲かるのだ。ペニスが逞しい若い男をマダムに斡旋《あっせん》して紹介料をもらい、それをも収入にしているのだった。

「マダムは充分なお小遣いを貴男に渡すでしょうから、くれぐれも口外はしないでくださいね。相手はＶＩＰなのですから、そこのところは分かっていると思いますが」

勝彦は静かだけれどもドスの利《き》いた声で、健太に念を押した。

「それぐらい、俺だって分かってるよ。これでも一応は六本木の売れっ子ホストだしね。大丈夫、秘密は守るさ」

そう言う健太に、勝彦は「決して口外《こうがい》しません」という旨の契約書を渡し、判を押させた。

「これで契約は纏《まと》まりました。……マダムは地下でお待ちです。案内します」

勝彦は契約書を引き出しに仕舞《しま》って鍵をかけ、椅子を立った。いざとなると一抹《いちまつ》の不安も過《よ》ぎり、健太は少し気になることを訊いてみた。

「マダムって、いくつぐらいの人なの？　せっかくチンポを大きくしたっていっても、ちゃんと勃つかな、俺」

勝彦は、笑顔のままで答えた。

「マダムは五十歳を過ぎてますが、とても魅力的な方ですよ。勃起しないということは、ないでしょう。……もし、どうしても無理なようでしたら、バイアグラがありますから」

地下の一番奥の部屋で、マダムは待っていた。

「では、私はこれで。ルミ様、心ゆくまでお愉しみください。……健太君も頑張ってくださいね」

勝彦は丁寧に言うと、すぐに部屋を出て行った。部屋は十畳ほどの大きさで、病院というよりはリゾートホテルの一室のようなデザインだった。大きなベッドの上に腰掛けているルミを見て、健太は驚いた。五十を過ぎているようには、まったく見えなかったからだ。どう見ても、三十代の半ばぐらいにしか見えない。いや、二十代と言っても通用するぐらいだ。

年齢を超越したルミの美貌に驚き、見とれ、健太は暫《しば》く声が出せなかった。

「貴男が健太君ね。……勝彦先生に貴男の写真を見せてもらって、一目で気に入ったの。写真よりハンサムじゃない！　貴男を指名して良かったわ。……ねえ、ぼんやり突っ立っていないで、こちらにいらっしゃいよ」

ベッドの上でルミが甘い声で囁く。彼女はしなやかな肉体を絹のガウンで包み、金色の髪をアップにして纏めていた。雪女のような真っ白な肌は光り輝き、全身から匂い立つようなフェロモンを放っている。光に吸い寄せられる蛾《が》のように、健太はふらふらとルミに近づいていった。

「ルミさん、お美しい……。年齢のことを訊いては失礼ですが、本当に五十歳を過ぎているんですか？　信じられません。すごい色気だ……。クラクラしちゃうよ」

ルミからは百合《ゆり》のような甘く楚々《そそ》とした香りが漂い、健太は彼女の隣に座っただけで股間が膨らんだ。

「うふふ……本当よ。五十二歳だから、貴男の齢の二倍ね、ちょうど」

「ええっ！　信じられない。すごいですよ、ルミさん！　見事だ……。皺も染みも、まったくない。ハリのある、きめ細かな肌だ」

健太があまりに無邪気に驚くので、ルミはクスクスと笑った。そして唇をちょっと舐め、媚びたような上目遣いで言った。

「このクリニックで、定期的にケミカルピーリングをしたり、コラーゲン注入をしたりして、皺や染み取りをしているのよ。もう、長年お世話になっているわ。ほかにも、脂肪吸引でしょ、脂肪融解《ゆうかい》注射でしょ、レーザー治療でしょ、それから顔はほとんど弄っているわ。目も鼻も顎も、少しずつ、ね。唇にもヒアルロン酸を入れて、膨らませているわ。派手に整形すると悪目立ちするから、微妙にお直ししてるの。……もうクセなのよね、自分の外見に手を加えることが」

ロシア人とのハーフのようなルミの顔を見つめ、健太は感心して言った。

「でも、大成功の整形ですよ！　ルミさんの顔、めちゃくちゃ整っているけれど、自然な感じも残っていて。ここの先生、やっぱり腕がいいんだなあ。俺もチンポだけじゃなくて顔も少し弄ってもらおうかな」

ルミは微笑み、健太にもたれ掛かった。そして彼の頬をそっと撫でながら、耳もとで囁いた。

「今でもとってもハンサムだけれど……ちょっと直してもらったら、もっと素敵になるわ。私があげるお小遣いで、手術してみて……」

ルミの大きな目は潤み、小鼻は官能的に膨らんでいる。エレガントだけれど淫靡なルミのフェロモンに打たれ、健太の若いペニスはいきり勃つ。

「可愛い……健太君……可愛いわ……」

健太にしなだれ掛かり、ルミは彼の首に腕を回す。絹のガウンがはだけ、ルミの胸元が見えた。彼女の乳房は豊かで真っ白で、健太は思わず目が釘付けになった。

「あっ……あっ……あの……そのオッパイも整形なんっすか?」

見事な乳房に動揺して、どもってしまう。ルミは健太に抱きつき、乳房を彼に擦りつけて目を妖しく光らせた。

「ううん、オッパイは整形じゃないわ。これは本物よ。女性ホルモンが多いのかしら、私、昔から乳房が大きいの。……だから、思いきり揉んで。私、オッパイを揉まれると、感じちゃうのよ。乳首を吸われるのも……。子供を産んで授乳してる時も、感じて濡れてたぐらいだもの。ねえ、早く……」

ルミは甘え声で囁き、健太の手を摑んで、自分の胸元へと持ってゆく。柔らかな乳房に手が触れると、彼は急にスイッチが入り、燃え立つほどの興奮を覚えた。健太はルミの乳房を鷲摑みにし、欲情のまま、揉みしだいた。

「でかいオッパイだなあ……くううっ……たまんねえ……」

健太の呻き声を聞きながら、ルミもますます感じていた。

「ああん……健太君！　もっと揉んで……私のオッパイ、揉んで……あああっ……気持ちいい……んんんっ」

ルミの乳房は柔らかく、大きな餅《もち》を揉んでいるようで、その手に吸いつくような感触に、健太のペニスは肥大した。

「ルミさん、乳首が勃ってるよ。あ、コリコリしてる。……あれ、何だ、これ？」

指に異質な感触があり、健太はルミのガウンをはだけさせて乳房を露わにした。そして彼女の乳首を見て、驚いた。

「うわあ！　ピアスがついてる！　すげえ、SMチックで色っぺえ！」

健太の興奮の声を聞きながら、ルミは妖しい笑みを浮かべた。彼女は乳首にゴールドのピアスをつけていたのだ。

熟女の乳首にピアスがついている様は、女の果てしない欲望が表れているかのようで妙に生々しく、健太は激しく高ぶった。

「色っぽい？　うふふ、私、乳首を虐《いじ》められるのが大好きなの……。ねえ、ピアスを引っ張って」

甘い声で囁きながら、ルミは乳房を健太に擦りつける。ピアスがついた巨乳を押しつけられると、彼は血が逆流しそうなほどの興奮を覚え、目をギラつかせた。

「ルミさん……本当にスケベなんだな。セレブマダムなんて呼ばれているような人でも、一皮剝《む》けば、ただの淫乱M女か。よし、たっぷり虐《いじ》めてやるよ」

健太はルミをベッドに押し倒し、乳房を鷲掴みにして荒々しく揉み、乳首についたピアスを引っ張った。

「あああっ！　い……痛いっ！　ああん、でも……感じちゃう……。あああっ！」

ルミは根っからのMなのだろう。痛みに叫び声を上げながらも、被虐の笑みを浮かべている。「痛い」と言いながら、なんとも嬉しそうな表情をする熟女に、健太はSッ気を掻き立てられた。

「ほら、どうだ、気持ちいいか？　淫乱な奥さん！　ほら、引っ張られて、乳首が伸びて赤くなってるぞ！　血が出てきそうだ、ほら！」

ルミは熟れた肉体をくねらせ、悩ましい声を上げ続けた。乳首が痛ければ痛いほど、感じてしまうのだ。

「ああ――っ！　気持ち……いい……。ふううんっ。……ねえ、お願い……手首を縛《しば》って。拘束《こうそく》されて、嬲られたいの……。縛って、そして、私を『雌犬《めすいぬ》』って言って。私は動物よ……」

セレブマダムの痴態に、健太の目が血走る。ペニスは激しく勃起し、直立して腹にピタりとくっついていた。
「ふふふ……恐ろしいほど淫乱な雌犬だな。よし、望みどおり縛ってやるよ」
健太は息を荒らげ、ネクタイを外し、それでルミの手首を固く縛ってしまった。
「あぁあん……感じちゃう……ううぅんっ」
拘束されるだけで感じるのか、ルミは身悶《みもだ》えする。全身から被虐の悦びを匂い立たせ、
ルミの白い柔肌は光り輝いていた。健太は彼女に伸し掛かり、乳首についたピアスを摘《つま》ん
で、強く引っ張った。
「ああ——っ、感じる！　ああん、イキそう……痛くて……それだけでイキそう……ああ
あっ！」
熟女の媚態に健太は生唾《なまつば》を呑《の》む。ピアスを繰り返し引っ張りながら、彼は欲望のままに
もう一方の手でルミの肉体を撫で回した。
「ああ……気持ちいい……手にピタリと吸いつくようで……柔らかくて……ううっ」
ルミの熟れた身体を愛撫しながら、健太のそそり勃つ肉棒は、カウパー液を垂らしてい
た。
淫乱性が剝き出しになったルミの顔を見ながら、健太はたまらずに彼女の口に指を突っ
込んだ。

「ほら、舐めてみろ、俺の指を」

ルミは淫靡な笑みを浮かべ、健太の指を美味しそうにしゃぶった。舌を絡ませ、チュッチュと吸い上げる。指を咥えて恍惚とするルミは淫《みだ》らな肉塊のようで、健太は興奮が極まったように乳首のピアスを強く引っ張る。

「うんんんっ……はあっ……痛い……痛い……あああっ、気持ちいい……んんっ」

ルミは健太の指をしゃぶりながら、艶めかしく叫ぶ。乳首を嬲られると、彼女の肉体に凄まじい快楽が込み上げるようだ。ピンク色の乳首に血が滲んでいたが、ルミは痛みをもっと欲しがった。

「お願い……もっと強くして……虐《いじ》めて……」

汗ばんだルミの肌を、健太は思いきり叩いた。「パーン、パーン」と、熟れた肉がしなる音が部屋に響く。

「ほら、雌犬！　気持ちいいか！　男にぶたれて、気持ちがいいのか！　このマゾ肉！　雌犬！」

健太に思いきり打たれ、ルミの白肌はみるみる赤くなってゆく。ルミは激しく身を捩《よじ》り、痛みの快楽に没頭《ぼっとう》していた。

「痛いっ！　……ああ、痛い！　ううん、感じちゃう……あああぁっ」

ルミが発散する被虐のエロスにこらえきれず、健太は彼女の顔に跨り、ペニスを口に押しつけた。

「自分ばかり気持ち良くなるなんてズルいぞ！　ほら、舐めろ！　俺のチンポも舐めろよ！　この雌犬！　エロ熟女！　お前のせいで、こんなにデカくなっちゃったじゃないか！　ほら！」

健太は目を血走らせ、ルミの口へとペニスを押し込む。ルミは息苦しそうな顔で、彼の男根を咥え込んだ。

「ううん……ふぐっ……んぐぐっ」

手術した大きな亀頭が、ルミの喉を圧迫する。しかしルミは眉間に皺を寄せながらも、彼のペニスを巧《たく》みに愛撫した。舌をねっとりと絡ませ、肥大した亀頭を舐め回す。

「ううっ……くううっ……上手だな……ぐうっ」

ルミの唇は弾力があり、それでペニスを擦られるとたまらない快楽なのだろう、健太は身を震わせた。

「ああっ……気持ちいい！　ちくしょう、イキそうだぞ、雌犬め！」

健太はルミの顔に跨り、腰を動かしてイラマチオした。ルミは手首を拘束されたまま、被虐の悦びに陶酔する。

その時、チリンと、鈴の音が鳴った。

「なんだ、今の音」

音に気づいて、健太は一度腰の動きを止めた。しかし気のせいかと思い、またイラマチオを始めたが、再び鈴の音が聞こえた。

健太はふと思い、ルミのガウンを毟り取り、全裸にした。そして息を呑んだ。ルミは乳首だけでなく、クリトリスにもピアスをつけていた。輪の形のピアスには鈴がついていて、それが鳴っていたのだ。

ルミは快楽に陶酔《とうすい》しながら、言った。

「うふふ……感じすぎてクリトリスが大きくなって、それで鈴が鳴っちゃったみたい」

するとまた、ルミの股間から鈴の音が響いた。

「ああん、感じちゃう……私、鈴の音を聞くと、もっともっと、感じちゃうの……あああっ」

チリン、チリン、という音を聞きながら、ルミは狂おしく身悶える。彼女の肉体は熟《う》れきって、マダムのフェロモンを放出している。健太はぎらつく目でルミの肉体を視姦し、そして股間をまさぐった。

「奥さん……すげえ、濡れてるよ。びしょ濡れだ。……クリトリスも、こんなに大きくなって。ピアスをつけると、やっぱり感度も増すのかい？」

ルミの女陰からは蜜が溢れ出て、健太の指に絡みつく。健太は中指を女陰に出し入れし、親指でクリトリスを弄り回した。鈴の音に、ぐちゅぐちゅという女陰が滑る卑猥な音が混じる。

「ええ……そうよ。クリトリスにピアスをつけると……もう……感じ過ぎちゃって……オシッコ漏らしそうなほど……あああっ……ううんんっ」

ルミは息も絶え絶えに、腰を浮かせて快楽を貪る。健太は興奮に任せ、指を突っ込んで激しく女陰を搔き回した。

「ほらほら！　ああ、すげえ。奥さんのオマンコ、可愛いピンク色だ！　おまけに締まりがメチャクチャいい。俺の指を咥え込んで離さないよ……ああ、たまんねえ。本当に子供産んでるのかい？　処女の娘みたいだ」

健太は鼻息を荒らげ、ペニスを巨大化させる。ルミは快楽に下半身を痺れさせ、叫んだ。

「ああっ！　挿れて！　健太君、早く！　もう焦《じ》らさないで……早く挿れて！　貴男の逞しいオチンチン、挿れて！　ぶち込んで！」

卑猥な言葉を放ち、唇を涎《よだれ》で濡らすルミは、健太の劣情をいっそう煽る。健太のペニスは馬のように膨れ上がった。

「なに？　ぶち込んでほしいの？　俺のチンポを？　いやらしい奥さんだね……まさに雌動物だ。うん？　このオマンコも整形したんだろ？　色素沈着を取ってヴァージンピンクにして、膣縮小か。ホント、スケベだな。こんなとこまで整形するなんて！　……まあ、俺もチンチン整形したから、人のことは言えないけれどね。ふふふ……」

ルミの膣に指を出し入れしながら、健太は意地悪なことを言う。ルミの女陰は蜜を迸《ほとばし》らせ、クリトリスはさらに肥大して鈴を鳴らした。

「ああん……イッちゃう……あああっ……鈴の音が……あああん……感じる」

チリンチリンという音がルミの性感をいっそう刺激するのだろう。彼女は大股を開き、狂おしいほどに悶《もだ》えた。美貌の熟女のあられもない痴態に、健太も我慢の限界だった。

健太はルミに伸し掛かり、股の間に腰を割り入れ、花びらへとペニスを押し当てた。

「そんなに欲しいなら、挿れてやるよ。俺のぶっといチンポを。奥の奥まで、ぶち込んでやる！」

健太はルミの豊かな腰を摑み、猛り狂うペニスを女陰へと突き刺した。

「あああああっ！　きゃあああっ！　あ——っ！」

逞しすぎるペニスの圧力に、ルミは思わず悲鳴を上げた。ルミの初々しいピンク色の女陰が、健太の黒光りするペニスを呑み込んでゆく。

「くうっ……気持ちいい……」

奥まで突き刺すと、健太は思わず快楽の呻きを上げた。締まりの良い女陰にキュウッと咥え込まれ、何度か擦るだけで達してしまいそうだ。腰を動かすと、溢れ出る蜜がヌルヌルとペニスに絡みついてきて、健太は涎を啜った。

「ああんっ……私も！　気持ちいいわ……ああん、大きい……太くって……あああっ、突いて！　健太君のぶっといオチンチンで、突いて！　奥まで！　あああんっ」

ルミは健太の腰に足を絡ませ、下半身を蠢かせる。マダムの熟れきった女陰に咥え込まれながら、彼は必死で腰を動かした。ペニスの手術をした後だからだろうか、いつもの倍以上の快楽だ。

「ああっ！　すげえ……ミミズが……絡まってくるみたいだ……くううっ……」

馬並みに怒張したペニスで奥まで突かれ、ルミは官能の渦に巻き込まれて恍惚《こうこつ》となっている。クリトリスがペニスの根元に擦れて、鈴の音がますます響いた。

「あああんっ！　鈴が……鈴が鳴ってる！　イク……イキそうだわ……。ねえ、引っ張って！　乳首のピアスも引っ張って！」

言われたとおり、健太はルミの乳首のピアスを強く引っ張ってやった。

「ああっ……きゃああっ……うううんっ！」

乳首に激痛が走り、それと同時に凄まじい快楽が込み上げたのだろう、ルミは身を震わせて達してしまった。女陰がよりいっそう緊縮する。それにキュウッと締めつけられ、健太もペニスを爆発させた。

「ぐううっ……整形ヴァギナは凄いなあ……うううううっ」

怒濤《どとう》のような快楽が駆けめぐり、健太はルミの花びらの中でペニスを痙攣させた。精液がシャワーのように飛び散り、どくどくと脈を打ってルミの女陰に注がれた。

「ああんっ……気持ちいい……中で出されるのって……最高……暖かくって……ううんっ」

ルミはザーメンを女陰で受け止めながら、再び達してしまった。花びらをヒクヒクと伸縮させ、クリトリスを痙攣させた。するとまた鈴の音がして、ルミは果てることのない快楽に蕩けてゆく。

「ルミさん、相変わらず乱れてるわね。抜かないで二回戦目を始めたわ。健太君も精力が漲《みなぎ》ってるみたい……」

液晶テレビのモニターを見ながら、麗子は妖しい笑みを浮かべた。まだ勤務時間中だが、院長室の中、ソファにもたれてワインを飲み、細いメンソールを燻《くゆ》らせていた。

「ふふふ……ルミさん、きっと彼がお気に入りになるね。斡旋《あっせん》料、たっぷりいただけそうだ。……しかし、彼は元気がいいなあ。一度イッたのに、すぐにあんなに大きくなって！

美熟女と若いイケメンの激しいセックスを見ていたら、僕も変な気分になってきたよ」

麗子の隣で、勝彦が悩ましい溜息をつく。彼は勃起しているのだろう、白衣が盛り上がっていた。

「あんな姿を、モニターで見られているとも知らないで……。猥褻すぎるわ、二人とも。まるで動物、ううん、獣《けだもの》よ」

麗子はそう言うと、ワインを口に含んだ。そして勝彦に顔を近づけ、唇を重ねると、ワインを口移しで飲ませた。麗子の唇から溢れるワインを、勝彦は目を潤ませて啜った。

「美味しいよ……。義姉さんに口移しで飲ませてもらうワインは、まるでネクター、女神の酒のようだ。どうしよう、義姉さん。僕、ますます勃起して、ペニスがはち切れそうだ」

打ち合わせ

「ねえ、俺、冬花さんのこと、怒らせちゃったみたい」

達郎が困った顔で、夏美に言う。夏美は聞き返した。

「あら、冬花に何かしたの？　いきなりキスでもしようとして、ほっぺた引っぱたかれた？」

二人は大徳寺家の下調べを済ませ、焼肉レストランの個室にいた。もうすぐ冬花がやってきて、合流する予定だ。

「違うよ！　俺は女性にすぐ手を出すような、そんな軽い男じゃない。……その、よけいなことを訊《き》いちゃったんだよな。『君はそんなに真面目なのに、どうして泥棒なんて仕事をしているの？』って。そうしたら、『どうだっていいでしょ、そんなこと』ってキツい口調で言い返されちゃって」

ビールを啜りながら、達郎は頭を掻く。夏美はクスリと笑った。

「ああ、なるほど。……まあ、人にはそれぞれ事情というものがあるってことね」

夏美は意味深に言って、焼肉を頬張《ほおば》る。

夏美がハッキリ説明してくれないので釈然《しゃくぜん》とせず、達郎は大きな溜息をついた。冬花のことが気掛かりで食欲が出ないのだろう、彼は焼肉を食べずにビールばかり飲んでいる。夏美は唇を脂《あぶら》で光らせながら、笑い飛ばした。

「あら、気にすることなんかないわよ！　だって『泥棒を生業《なりわい》にしている』って聞いたら、誰だって不思議に思って当然だもの。冬花が、真面目に考えすぎるのよ。神経質にならずに、そういう質問にも冗談で返せるぐらいタフになって欲しいんだけれどね、姉としては。でなきゃ、泥棒なんてやってられないでしょ」

夏美の笑顔に、達郎も励まされる。

「そうだね。せっかく美人怪盗姉妹なんだから、もっと大胆でもいいように思うな。……でも、名は体《たい》を表すって、やっぱりホントだな。夏美さんは夏の太陽みたいに明るくて、華やかで、大胆だ。冬花さんは冬の月のようにクールで神秘的で、繊細だ。きっと、二人で足りないところを補い合ってるんだろうね」

「そのとおりね。昔から、私たちはそうよ。お互いの長所も短所もよく分かっていて、お互いカバーし合っているの。もしかしたら、姉妹二人で、やっと一人前なのかもね！

「……ほら、達郎さんも食べなさいよ」

夏美は忙《せわ》しなく肉を焼き、菜箸《さいばし》でカルビを摘《つま》んで達郎の皿へと入れる。

「ああ、ありがとう。しかし夏美さんって、いつも食欲旺盛《おうせい》だよね。そんなに食って、よく太らないなあ」

夏美の食いっぷりを見ながら、達郎が感心したように言う。特選ロースを頬張《ほおば》りながら、夏美は含み笑いをした。

「そうなの。私、ホント、よく食べるのよ。お肉も男も、食べるの大好きだもの……。上の口でお肉をたっぷり食べて、下の口で男をたっぷり食べると、カロリーがプラスマイナスゼロになるのよ。激しいセックスってカロリー消費するから」

大きな瞳を妖しく光らせる夏美に、達郎はタジタジとなってしまう。大きく襟《えり》が開いた服を着て、胸の谷間をくっきりと見せている彼女は、肉食獣のようでもあった。

「そうすか……。夏美さんにとっては、焼肉も男も同じようなものなんだな。入る口が違うだけでね」

「達郎さんって、なんか可愛《かわい》いわね。うふ」

夏美のからかうような言い方に、達郎はますます照れ、うなだれてしまった。そこへ冬花が到着した。

「遅くなってしまって、ごめんなさい」

冬花はそう言って、夏美の隣に腰掛けた。冬花はビールを一口飲むと、バッグからおもむろにノートとファイルを取り出し、二人に説明した。

「大徳寺クリニックの中を、ワンフロアごとに詳しく描いてみたの。これは、院長室の中。掃除をしている時に、どこに何があるかをしっかり記憶し、掃除が終わってからすぐにノートに書き込んでいるわ。部屋が多いからたいへんだけれど、できる限り詳しく記録してゆくわね」

几帳面《きちょうめん》に記録されたノートを見て、達郎は感心した声を出した。

「これは貴重だな！　俺は顔が割れてしまっているから中に潜入できなくて、冬花さんにばかり面倒なことをさせて、本当に申し訳ない。君のおかげで助かるよ」

冬花は照れ臭そうに言った。

「私は今回、盗みが目的なのではなくて、単にあの人たちの卑劣《ひれつ》さを糾弾《きゅうだん》したいだけなのよ。つまり、正義感で、自分自身が率先して彼らを探っているという感じなの。だから、面倒だとはまったく思わないわ。……患者さんたちを眠らせてイタズラするなんて、本当に許せないことだもの」

夏美は冬花の皿に焼肉を盛ってあげながら、さりげなく言った。

「クリニックの偵察を貴女ばかりに押しつけて、私も悪いと思っているのよ。ごめんね、冬花。貴女は本当にしっかり仕事をしてくれて、心から感謝しているわ。でも、先走りすぎないように注意してね。正義感から彼らを探るのはいいけれど、私的な感情が入り込みすぎると危険だから」

姉の意見に、冬花は苦笑した。

「分かっています、お姉さま。細心の注意を払って、クリニック内を偵察するわ。……どうも、地下室が怪しいような気がするの。なんでも政財界や芸能界のＶＩＰたちがお忍びで手術する時にだけ使っているらしいんだけれど、『関係者以外立ち入り禁止』の立て札があって、入れないのよ」

「その地下室には、階段は繋がってないの？」

「あるのよ。で、この前、そっとその階段を下りてみたの。でも、踊り場で行き止まりになってしまうの。ドアがあるんだけれど、どうしても開かないのよ。鍵で開ければ、そのドアからどこかに繋がっているのかもしれないけれど」

三人は顔を見合わせた。

「エレベーターも階段も繋がらないようになっている、その地下に何か隠されているのは確かなようだな。……でも、冬花さん、くれぐれも無理はしないでね。身の危険を感じるまでは調べなくてもいいから」

達郎の忠告に、冬花は頷いた。

「ええ、分かっているわ。ドジを踏まないよう、気をつけるわね」

冬花の態度や口調から、もう怒っていないことが分かり、達郎は安心した。

「それから、まだハッキリ分からないけれど、病院ぐるみで悪いことをしているわけではないような気がするの。審美歯科の先生や、看護婦さんたちは、仲間に加わっていないんじゃないかしら。麗子と勝彦を『なんとなく怪しい』とは薄々思っているかもしれないけれど。看護婦さんの入れ替わりが激しいのも、病院に深入りさせないようにしているのかもしれないわ」

彼女の考えに、夏美も達郎も大きく頷く。

「そうかもしれないね。悪徳ってのは、仲間が多いより、少人数のほうがバレないからね。病院ぐるみで悪さをするというより、やはり麗子と勝彦がやっているのだろう。そして、その色々な悪さが行われているのが、どうやら秘密の地下室らしい、ってことか」

達郎はそう言って、無精髭《ぶしょうひげ》をさすった。

冬花は肉を少し摘み、ビールをコップ一杯分飲み干すと、バッグを持って立ち上がった。

「じゃあ、私、今夜はお先に失礼します。明日、早いから。達郎さんとお姉さまは、ごゆっくりお飲みになってください」

一礼をし、個室を出て行こうとする冬花に、達郎が声を掛けた。

「え、本当にもう帰っちゃうの？　来たばかりなのに」

冬花は振り向き、笑顔で答えた。

「ごめんなさい。私、寝不足だと、頭も身体も冴《さ》えなくなってしまうんです。だから、今夜はこれで。……次の朝が早くない時、また一緒にゆっくり飲みましょう」

丁寧に言われ、達郎も返す言葉がない。個室を出て行く冬花の後ろ姿には清らかな美しさが漂っていて、達郎は名残惜《なごりお》しそうに瞬《まばた》きをした。

「今からビビンバとユッケ頼もうと思ったのに、冬花、帰っちゃった」

メニューを見ながら、夏美が残念そうな声を出す。達郎は驚いて夏美を見た。

「え！　夏美さん、まだ食べるんですか？　いやあ、すごい食欲だなあ」

「あら、まだまだ序の口よ。私、焼肉ならいくらでもイケるもの！　うふふ」

夏美は淫靡に笑い、インターフォンで追加注文をする。達郎は半ば呆れ、半ば感心したように言った。

「夏美さんと冬花さんって、姉妹なのに、ホントに違いますよね。肉食動物と草食動物っていうほど違う！」

言った後、夏美に悪かったかなと一瞬思ったが、それは杞憂《きゆう》だった。

「ま、肉食動物だなんて、最高の褒め言葉ね。ありがとう。そうよ、冬花も、もっとお肉を食べるべきなのよ！　あんなに綺麗なのに、いつまで経っても草食動物のままなんだもの。私なんてお肉も肉棒も大好き。……そう言えば、あの大徳寺麗子も肉食獣っぽいわね。淫乱よ、あの女。間違いないわ」

ロースを貪りながら、夏美が得意げに言う。

「ああ、大徳寺麗子ね。あの女、頭にくるよなあ。クソ生意気で、俺のことプールに突き飛ばしやがって。肉食でも草食でも、どっちだっていいや、あんな女！」

プールで溺れかけたのがよほど悔しかったのだろう、麗子の名前を聞くと達郎はたちまち不機嫌になる。

「麗子って女、あれは相当の好きモノね。だってあんなイヤらしい水着きて、整形オッパイとヒップをぶるんぶるん揺らしてモンローウォークしてるんですもの！　あれは肉棒を求めてやまないタイプね。分かるの、私には」

夏美は独り納得したように頷く。やけにツヤツヤしている夏美の肌を見ながら、達郎はなんとも言えぬ苦笑いをした。

大いに食べ、飲み、二人は酔っぱらった。個室の中、夏美が不意に達郎にもたれ掛かる。胸の谷間を見せつけ、濡れるような瞳で、甘えた声を出した。

「ねえ……達郎さんのお肉も、食べたくなっちゃった」

夏美の手が、達郎の股間に伸びる。達郎は酔っぱらいながらも正気を保ち、彼女の手をそっと退け、そしておでこに軽くキスをした。

「夏美さん、もう今日は食べすぎ。これ以上お肉を食べたら、お腹壊しちゃうよ。俺は飲みすぎで、どうやらお肉が硬くなりそうもないし」

さりげなく断られても、夏美は別に傷ついたりもせず、達郎の頬にキスを返した。そして彼の耳もとで囁いた。

「じゃあ今夜は我慢するけど、達郎さんのお肉がギンギンに硬くなったら……いつか抱っこしてね」

夏美があまり色っぽかったので、達郎もつい勃起しそうになったが、どうにか我慢した。そして紳士的な態度で、彼女を家までちゃんと送り届けた。

白雪姫と魔女

「梨花《りか》さん、今日は脂肪吸引の手術よね。まずは太腿ね」

診療台に横たわった患者に、麗子は笑みを投げ掛けた。

「はい。先生、お願いします」

緊張しているのか、梨花は言葉少ない。麗子は梨花の胸をそっと撫で、訊いた。

「どう？　豊胸の手術して、その後は？　痛みとかはないでしょ？」

「ええ、まったくないです。仕事も増えたし、もっと早く手術すればよかったって思っています」

梨花はそう言って、微笑んだ。レースクイーンをしているので、容姿がダイレクトに仕事に影響するからだ。豊胸をしてからの梨花は、確かに仕事も増え、男性に誘われることも多くなっていた。

「それはよかったわね。……そう、女はルックスが良いのに越したことはないわ。これから手術を繰り返して、もっともっと容姿を磨《みが》いてゆきましょう。では、麻酔をかけるわね」

麗子は低い声で言うと、梨花の腕に注射針を刺した。

梨花は唸《うな》りながら、ゆっくりと目を開けた。頭が痺《しび》れるように痛く、意識が朦朧《もうろう》としている。

薄暗く、冷たい部屋の中だ。手で頭を押さえようとして、梨花は自分が拘束《こうそく》されていることに気づいた。

意識が回復するにつれ、言いしれぬ恐怖が込み上げてくる。

梨花は台の上に乗せられ、両手と両足を革のベルトで台に括り付けられてしまっていた。

目がハッキリ見えるようになって、梨花は愕然とした。麗子が悪魔じみた笑みを浮かべ、自分を見下ろしていたからだ。麗子は手鏡を持っていた。

「ふふふ……気づいたわね。今から、たっぷり愉しませてあげるわ。ほら、お前の姿を御覧」

手鏡には、梨花が青いブラウスに黄色いロングスカートを穿かされ、コスプレのような格好をさせられた姿が映っていた。

麗子はニヤリと笑って言った。

「お前は白雪姫《しらゆきひめ》よ。毒林檎《どくりんご》を食べて、動けなくなってしまったの」

そして手鏡に向かって、麗子は意気揚々《いきようよう》と独り芝居を始めた。

『鏡よ、鏡。この世で一番美しいのは誰？』。『はい。梨花さんです』。『ふん、梨花なんて、整形女じゃない！　目と鼻、おまけに豊胸までしてる、人造人間よ！　この世で一番美しいのは私。大徳寺麗子様よ！　そんなの当然じゃない。おーっほっほっ！』

白衣姿で独り芝居をする麗子には狂気じみた不気味さが漂っていて、梨花は台の上で思わず震えた。

麗子は梨花のブラウスを引き裂き、豊胸で膨れ上がった乳房を露わにした。

「いやああっ！」

悲鳴を上げ、梨花が涙を流す。麗子は梨花の巨乳を鷲摑みにして、揉んだ。

「こんなにオッパイを大きくして、イヤらしい娘ね！　レースクイーンの仕事を増やしたいために豊胸したんじゃなくて、男にモテたくて手術したんじゃないの？　確かにこんな大きなオッパイしてたら、男は『やりてえ』って思うわね！　ふふふ……そんなに『やりてえ』って思われたいの？　じゃあ、うちのクリニック専属の肉奴隷にしてあげましょうか？」

麗子はそう言いながら梨花の乳房を嬲り、そして乳首を噛んだ。

「ああぁっ！」

梨花が叫ぶ。麗子は梨花の乳首を咥え、チュッチュと吸いながら、舌で舐め回した。梨花の乳首はみるみる突起してゆく。

「ふん、乳首までイヤらしいわ。でも、思ったように感度いいわね、貴女。良い肉奴隷になれそうよ。……そのほうが、レースクイーンをしているより儲かるわよ、きっと。ふふふ」

麗子は梨花の耳もとで妖しく囁く。そして再び高笑いをして言った。

「ほら、白雪姫！　よく見ておくがいいわ！　王子と私のセックスを」

部屋に、白衣姿の男が入ってくる。「王子」というのは大徳寺勝彦のことだった。何が何だかもうワケが分からず、梨花は乳房をさらけ出したまま、虚ろな目で「いや」というように首を振り続けた。

麗子と勝彦は、梨花の前で、白衣姿のまま激しく抱き合った。身体をまさぐり合い、熱烈にキスをして舌を絡ませ合う。

「ああん……勝彦……」

「義姉さん……やっぱり義姉さんが一番だ……たまらない……ううっ」

梨花に見せつけるかのように、麗子と勝彦は淫らに戯れ合う。義理の関係でも、姉と弟である二人が絡み合う様はそれは恐ろしく、梨花は目を逸《そ》らそうと思っても、魔力に引きつけられるかのように見入ってしまう。梨花はおかしくなりそうになりながらも、異様に昂《たかぶ》っていた。

「ああ、義姉さん……素敵だ……ああ……」

勝彦は息を荒らげ、麗子の白衣を脱がしてゆく。白衣が滑《すべ》り落ちると、黒いブラジャーとパンティに包まれた麗子の白い裸体が現れた。

乳房と尻が膨れ上がった、弾力のありそうな艶やかな肢体に、梨花も思わず疼いてしまう。肌はミルクに浸《ひた》したように白く、悪魔的な美しさを湛《たた》えている。黒いTバックを尻に食い込ませ、麗子は悩ましげに腰をくねらせた。

「義姉さん……すごい色気だ！　ああ、もう、ペニスが爆発してしまいそうだよ。義姉さんは、僕が中学生の頃からの一番のオナペットだったんだ。義姉さんを犯すことを妄想して、何度オナニーしただろう。もう、数え切れないぐらい、射精してたんだ」

勝彦は麗子を抱き締め、豊満な肉体を撫で回しながら、息を荒らげる。激しい勃起で、勝彦の白衣は股間のあたりが膨れ上がっていた。

「うふふ……勝彦、お前が私をオナペットにして快楽を貪っていたこと、知ってたわ。でもね、気持ち悪いとは思わなかったの。それより嬉しかったのよ、パパの再婚相手の連れ子だったお前が、私を妄想しながらペニスを扱《しご》いていることが。私でイッて、精液を飛び散らせていることが。……そして、たまらなくお前のペニスを、挿れてみたくなったの」

麗子は勝彦の首に腕を絡《から》ませ、熟れた肉体を義弟に擦りつける。

「そう、義姉さんはだんだん僕を挑発するようになっていったんだ。お風呂あがりに、わざと下着姿で僕の前をうろついたり、染みのついたパンツを僕の部屋に置いたりして。義姉さんが僕を挑発するたび、ペニスが痛くなるほど擦《こす》って、もう僕も我慢の限界だった……そして義父さんと母さんが旅行に行った時、義姉さんのアソコに、僕のオチンチンを挿れたんだよね。義姉さんが高校生で、僕が中学生の時だった。気持ち良かった、あの時……ああ、思い出すだけで、イッてしまいそう……」

麗子と勝彦は唇を重ね、舌をねっとりと絡ませ合う。二人の肌は汗ばんでいた。

「そう、私もよく覚えているわ……勝彦、あんまり興奮して、二、三度腰を動かしただけでイッてしまったのよね。コンドームも着けずに、私の中で射精しちゃって焦ったわ。でも、すっごく気持ち良かった。私も貴男も初体験だったのよね。勝彦、一度イッてもすぐにまた大きくなって、何度もしたよね、あの時。……ああ、思い出すだけで私も興奮するわ……」

強く感じているのだろう、麗子の肉体からは発情期の雌動物のようなフェロモンが匂い立っている。

「うん、気持ち良かったよね、あの時。身体が痺れて、ペニスが蕩けてしまいそうだった。……あれから義父さんと母さんの目を盗んでは、何度も挿れたよね。二人ともクセになっちゃって、時間さえあればセックスしてた。僕、ずっと思ってた。義姉さんとのセックスって、どうしてこんなに気持ちいいんだろうって。ほかの女としたこともあったけど、やっぱり義姉さんとのセックスが最高だもん。……ああ、義姉さん。好きだ……大好きだ……」

たまらなくなったのだろう、勝彦は麗子の黒いブラジャーを毟《むし》り取った。巨大なバストが現れる。勝彦は義姉の乳房を揉み、乳首を咥え、吸い上げた。麗子は悩ましげに喘いだ。

義姉と義弟の戯れはあまりに悪魔的で、かつ歪んだ光を放っていて、梨花は震えながらも凝視《ぎょうし》してしまう。勝彦に乳首を吸われながら、麗子は梨花を見てニヤリと笑った。

部屋にはベッドもあり、麗子と勝彦はそこに倒れ込んだ。勝彦は麗子を四つん這いにさせ、むっちりとした尻の間に顔を埋める。

「ああ……義姉さん……いい匂いだ……アナルの匂いと、Ｔバックに染み込んだ蜜の匂いが混ざり合って……ううん、ペニスの先から液が漏れちゃいそうだ」

勝彦は白衣姿のままで、義姉の尻と戯れる。Ｔバックを思いきり食い込ませ、溢れる愛液で濡れた大陰唇を舐め回した。

「ううううんっ……勝彦……ダメ……感じちゃう……あああっ」

麗子は四つん這いで、挑発的に尻を振る。身をくねらせるたびに、巨大な乳房もブルブルと揺れ、なんとも卑猥な光景だ。梨花は二人の戯れを見ながら、下半身が疼いてしまって仕方がなかった。剝き出しの乳首も勃っていた。

勝彦は姉のＴバックを脱がし、四つん這いの尻を摑んで女陰を舐め回した。湧き出る蜜を啜《すす》り、舌を花びらの中へと滑り込ませ、蠢かす。

「ああっ……あああああっ……素敵……ふううんっ」

柔らかく生暖かな舌で女陰を犯され、麗子は快楽に身悶える。麗子の女陰は薔薇の花びらのように可憐《かれん》で、中の秘肉はザクロのような色艶だ。勝彦は義姉のクリトリスを吸いながら、感じすぎて射精しないように、白衣の上からペニスを押さえていた

「んんっ……あっ……イッちゃう……ああ——ん、イク！」

麗子は悩ましい声を上げ、義弟の舌技で達してしまった。女陰がひくひくと痙攣する。

エクスタシーを享受する麗子は卑猥なほどに艶っぽく、梨花も思わずイッてしまいそうになった。

麗子は快楽の余韻に恍惚としながら、義弟と唇を合わせる。そして舌を絡ませながら、今度は勝彦に覆い被さり、義弟の股間に顔を埋めていった。

「ああん……勝彦。こんなにオチンチンを大きくしちゃって。いやらしいコね、本当に」

甘い声で囁きながら、麗子は義弟のズボンを脱がし、ペニスを取り出す。勝彦の男根は猛り、先端から透明な液を垂らしていた。

「義姉さんのせいだよ……義姉さんが色っぽすぎるからだ……ああ、義姉さん……早く咥えて」

麗子の指でペニスを弄られ、勝彦が官能に呻《うめ》く。麗子は妖しい笑みを浮かべ、義弟のペニスをそっと擦った。

「ううう っ……くううっ」

しなやかな指に刺激され、勝彦はますます激しく勃起する。

「うふふ……可愛いわね。義姉さん、お前のオチンチン、食べたくなっちゃったわ。だって、とっても太くて、フランクフルトみたいで美味しそうなんですもの……」

麗子は囁きながら、義弟のペニスに唇を寄せる。先っぽに唇を密着させ、溢れるカウパー液を舌で掬《すく》い、カリを舐め回した。

「あああっ……義姉さん！　気持ちいい……ううっ」

白衣姿のまま、勝彦が身悶《みもだ》える。義弟が感じているのが嬉しいのか、麗子は目を光らせてペニスを舐め続けた。柔らかく長い舌を男根に絡ませ、ねっとりまったり蠢かせる。

その姿は、雌猫が肉塊を貪っているようで、梨花は恐ろしくも目が逸らせない。

「美味しい……勝彦……お前のオチンチンは本当に美味しいわ……ううんっ……感じちゃう」

フェラチオをしながら興奮しているのだろう、麗子の乳首は突起している。麗子は四つん這いで身をくねらせ、義弟のペニスを夢中で頬張る。突き出した臀部の奥、彼女の花びらは愛液でヌラヌラと輝いていた。

「ああっ……義姉さん！　そんなに舐められるとイッちゃうよ！　義姉さん！」

たまらない快楽が下半身に込み上げ、勝彦が絶叫する。麗子の蠢く舌で、勝彦のペニスは蕩けていた。

麗子は喜々としてペニスをしゃぶりながら、自ら股間に手を伸ばしてクリトリスを弄っていた。フェラチオの興奮で下半身が疼いて仕方ないからだ。

「ううん……勝彦……飲ませて……美味しいザーメン、義姉さんに飲ませて……ふううっ」

麗子はペニスを咥え、恍惚《こうこつ》として言う。いつもは知的な女医の痴態に、梨花ももう限界だった。秘肉が疼いてどうしようもなく、溢れかえる愛液でパンティはベトベトになってしまっている。麗子の膨れ上がった乳房と、濡れ光る女陰が目に焼き付く。卑猥なエロティシズムに打たれ、梨花は手足を拘束されたまま、自らの指で秘部を弄ることもなく、込み上げる快楽で達してしまった。

「あっ……ああん……ああ――ん」

股間を弄らずとも自然に達するのは、それは凄まじい快楽で、梨花の足は震え、女陰は激しく痙攣した。

「あっ……あっ……義姉さん！　イク！」

義姉に咥えられたまま、勝彦はついにペニスを爆発させた。麗子の口の中に、白濁液が飛び散る。

「くううっ……うううっ」

強いエクスタシーでペニスを痙攣させながら、勝彦は射精した。麗子は義弟の射精が終わるまで、じっと口で受け止めた。そして口に溜まったザーメンをゴクリと飲み干し、妖しい笑みを浮かべ、言った。

「美味しい……」

義弟の精液を飲み干した麗子は、一段と艶やかに光り輝いて見えた。

勝彦が射精しても麗子は口淫を続けた。義姉の巧みな舌技で、勝彦のペニスはすぐにまた怒張した。

「義姉さん……ああ……あなたはなんてイヤらしいんだ……ぶち込みたい……ぶち込んでやる」

Sッ気が表れたかのように、勝彦は急に荒々しくなる。彼も白衣を脱ぎ捨て全裸になり、義姉に伸し掛かった。義弟に足を摑まれて大股開きさせられ、麗子は悩ましく喘いだ。

「ああん……勝彦……ダメ……」

勝彦は目を血走らせ、さらけ出された義姉の秘部をじっくりと見つめ、吐き捨てるように言う。

「なにが『ダメ』だ！　この淫乱ヴァギナで僕をたぶらかしたくせに。ここから匂い立つフェロモンで僕を誘惑して狂わせたくせに。悪魔のヴァギナだ！　こらしめてやるぞ！」

勝彦は義姉の腰をぐっと摑み、猛り狂うペニスを女陰に押し当て、ずぶずぶと突き刺していった。

「あああっ……勝彦……あああ――――っ！」

義弟のペニスで犯され、麗子が悦楽の悲鳴を上げる。麗子は官能に身震いし、ザクロのような秘肉でペニスをキュウッと咥《くわ》え込んでしまった。

「義姉さん……義姉さん！　ああ、ちくしょう、気持ちいい……義姉さん……うううっ……やっぱり……最高だ……ぐうううっ」

義姉に挿入し、勝彦は夢中で腰を打ちつける。猛るペニスで柔らかな秘肉をえぐると、イソギンチャクのような襞々《ひだひだ》が絡みついてきて、男根をねっとりと扱き上げる。勝彦は青筋を立て、義姉の女陰を犯した。

「勝彦！　勝彦！　ああ、なんて逞《たくま》しいの！　もっと……もっと、奥まで突いて……ああっ……イキそう……」

勝彦が腰を打ちつけるたびに、麗子の乳房が波打って揺れる。義弟のペニスを咥え込んだ麗子は、ますます肌が白く透き通るように見え、なにか悪魔的な美しさを放っていた。

「義姉さん……僕もイク……大好きな義姉さんの花園で……うううっ」

勝彦はペニスをゆっくりと出し挿れし、一突き一突き「突き刺す」ように義姉の女陰を犯した。

義姉弟の禁断の戯れを見ながら、梨花は強く強く感じていた。女陰に触れなくても、再び達した。クリトリスがじんじんと痺れ、溢れかえる蜜でパンティはお漏らししたように濡れている。

ベッドの上では、体位を変え、麗子を四つん這いにして、勝彦がバックから激しく突き始めた。義弟に犯され、乳房をブルンブルンと揺らす麗子を見て、梨花はまたクリトリスが疼き出す。

「ああん……また……」

梨花は独り呟き、官能の甘い戦慄《せんりつ》に唇を噛んだ。。

☆

麗子と勝彦の交わりを見て興奮していたのは、梨花だけではなかった。隣の秘密部屋では、ＶＩＰの男たちがソファに腰掛け水割りを飲みながら、大画面のモニターで彼らの痴態を観賞していたのだ。

麗子と勝彦は自分たちの痴態を、有料でＶＩＰたちに見せていた。自分たちのセックスを見せびらかすことでより興奮し、ＶＩＰからも多額の観賞代をもらえるので、一石二鳥なのだ。仕掛けたカメラには梨花の姿もバッチリ映っていて、ＶＩＰたちは淫蕩な宴を存分に愉しめた。

秘密部屋には赤のペルシャ絨毯《じゅうたん》が敷かれ、黒い革のソファが置いてあって、病院内とは思えぬ豪華さだ。

「ああ、興奮するなあ……。麗子女医、義弟にバックから思いきり突かれてるよ。あれほどの知的美女が、あんなにあられもない格好をして乱れて……。俺も、もう我慢できない」

某都市銀行の頭取である岡野《おかの》が悩ましい溜息をつく。股間は膨れ上がり、高級スーツのズボンにまで先走り液が沁みていた。

「僕も、そろそろ我慢の限界だ。接待してもらおうか」

テレビ局のディレクターである葉山がニヤリと笑う。

「そうだね。麗子ちゃんもイッたみたいだし、我々もイカせてもらうか。……しかし勝彦君、すごいザーメンの量だな。麗子ちゃんとはヤッたことないけど、相当いいんだろうな。羨ましい！」

ＩＴ会社の社長である中原は、勝彦に嫉妬しつつも、ペニスをいきり勃たせていた。

岡野が呼び鈴を鳴らすと、接待役の女が三人現れた。三人はそれぞれ源氏名を「アイ」「マイ」「ミー」と言い、この秘密の地下室で男たちの性欲処理の係を受け持っている。

もともとクリニックの患者だった女たちで、眠らされて淫らな姿の写真やビデオを撮られ、それをもとに麗子と勝彦に脅迫されて接待係にさせられている。三人とも二十代前半で、もとはフリーターだった。彼女たちはＶＩＰたちに性奉仕する代わりに、一割の報酬をもらうことと、整形手術をただで受けることができた。

同様の整形手術を受けているため、三人とも似たような顔と身体だった。目鼻立ちのハッキリとした派手な顔に、胸と尻が膨れ上がったダイナマイトボディ。特徴としては、アイは小麦色の肌で、マイは色白で、ミーは腋毛を生やしていた。髪は全員アップにして、ナースの制服を着ていた。

「じゃあ、いつものように花びら回転で接待してもらうか。俺は初めはアイがいいな。……アイ、取り敢《あ》えず、しゃぶり抜きしてくれ。麗子の痴態を見てたら、ムラムラしてどうしようもなくなっちまった。一発抜きたいんだ」

岡野に手招きされ、アイが彼の足元に跪く。そしてアイは彼の股間に手を伸ばし、ズボンのファスナーを下ろした。トランクスも脱がすと、威勢良く勃起したペニスが現れる。アイはナース姿のまま、上目遣いで、岡野の男根をしゃぶり始めた。

「ああっ……そうだよ……ううっ、気持ちいい……ああ、麗子のヤツ、二回戦目を始めやがった。義弟にまた突っ込まれてやがる。感じる……くううっ」

モニターに映る麗子の媚態を愉しみながら、岡野はアイにペニスを舐めさせ、興奮も二倍になる。感じすぎて、ペニスはすぐにでも爆発してザーメンを噴出しそうだった。

麗子は今度は正常位で勝彦に犯されていた。義弟に「雌豚！」と呼ばれ、麗子は涎を垂らして喘いでいる。

「いやあ、刺激的だな！　じゃあマイちゃん、俺の膝に乗っかって。俺はフェラじゃなくて、挿れたい。とにかくぶち込みたい。……ほら、マイちゃん、やらせろ」

ＴＶディレクターの葉山《はやま》はマイの腕を摑み、自分の膝へと乗せる。そしてズボンから巨大化したペニスを取り出し、それでマイの可愛い女陰を貫き、腰を揺すって座位で犯した。モニターに映る麗子の姿を見ながら、マイの女陰をたっぷりと味わう。

「ああ……いい。麗子とやってるみたいだ。ううっ……麗子。ああ、やりたい。麗子と一度でいいから、やりたい……くううっ」

葉山はマイの膣の感触だけ愉しみながら、麗子を見つめて彼女としてる気分になる。マイは屈辱を感じながらも、Ｍッ気が強いため、高ぶり、腰を激しく揺すった。

「ああん……マイも感じちゃう……オチンチンが大きいから……素敵……ううんっ……」

葉山はマイの女陰に締めつけられつつ、麗子に咥え込まれている感覚を愉しむ。モニターでは、麗子がよがり狂っていた。

中原はミーを呼び寄せ、彼女の耳もとで囁いた。

「ミー、腋の下の匂いを嗅がせてよ。ほら、腕を上げて」

言われたとおり、ミーはナース服のボタンを外して上半身を露わにし、腋の下を中原の顔へと押しつける。腋毛が生えた彼女のそこは、甘く濃厚な匂いを発していた。

「ううん……芳《こう》ばしくて、いい匂いだ……。ふううん……嗅《か》いでるだけで、感じてくる……ああ」

中原はモニターを横目で見ながら、ミーの腋臭を堪能《たんのう》する。雌動物のような匂いに打たれ、中原の股間も肥大した。

「ああん……くすぐったい……」

腋の下を中原に舐められ、ミーが吐息を漏らす。中原は、腋毛のじゃりじゃりとした苦い感触を愉しんだ。

「ほら、ミー、今度は四つん這いになりなさい」

中原は息を荒らげ、ミーに命じた。ペルシャ絨毯の上で四つん這いになり、ミーはむっちりとした尻を突き出す。中原は彼女の白い尻を撫で回しながら、双臀の間に水割りを垂らした。

「ああん……冷たい……ああっ」

悩ましい声を出し、ミーが身をくねらせる。中原は彼女の尻に顔を近づけ、桃色のアナルをペロペロと舐めた。

「ダメです……ああーん、感じちゃう……」

悶《もだ》えるミーの尻を摑み、中原はアナルの中に舌先を入れて蠢かした。

「『ダメ』なんて言いながら、感じているじゃないか。オマンコがパックリ開いて、蜜を垂らしているぞ！　……ほら、ぐちゅぐちゅ言ってる」

中原はミーの女陰に指を入れ、「の」の字を描くように搔き回す。アナルと女陰を同時に責められ、ミーは身を震わせた。

「はああん……感じちゃう……ダメ……」

モニターには、麗子と勝彦が69で燃え上がっている姿が映し出されている。中原はついに我慢できなくなり、四つん這いのミーのアナルに、膨れ上がったペニスを押し込んだ。

「あああ――っ！　痛いっ！　でも……素敵……あああんっ」

ミーはむっちりとした尻を振って、悦ぶ。ミーの桃色のアナルに締めつけられながら、中原はモニターの大画面を凝視《ぎょうし》していた。

「ああ……俺が突っ込んでるこのアナルが、麗子の尻だったら……最高なんだけれどなあ……くううっ……」

麗子との疑似セックスの妄想に耽《ふけ》りながら、ミーのアナルに出し挿れする。バックだと顔を見なくて済むので、よけいに妄想に浸れるのだった。大画面に麗子の豊満な尻が映し出され、中原は思わず達してしまった。

「ああっ……麗子……麗子！　やりたいよ！　麗子ぉ……うううっ」

肥大したペニスが爆発し、ミーのアナルに白濁液がぶちまけられる。

「いや……失礼ね……ああっ……でも、感じちゃう……ふうううっ……気持ちいい……」

ほかの女の名前を叫んで果てる男に機嫌を悪くしつつも、アナルに射精されてミーも達してしまった。

三人の男たちは一度達すると水割りを飲んで一服し、モニターを見ながら再び股間がムクムクとしてくると二回戦目を始めた。

アイとマイとミーを四つん這いにして、男たちが順番にペニスを突っ込んで、交互に犯してゆく。

彼女たちには人格などない。ただの「穴」だ。彼女たちは性器も整形してもらっているので、三人とも名器で、まるで女陰の中に手がついていて、ペニスを突っ込むと、その手で摑まれて扱かれるような膣力なのだ。

男たちはモニターを眺めつつ、彼女たちのその名器を犯して、ペニスを痺れさせる。モニターには麗子が勝彦の上になり、騎乗位で腰を振っている姿が映っている。彼女の巨乳がゆさゆさ揺れるのに合わせて、男たちも腰を振る。そして達しそうになるとペニスを引き抜き、女を替えてまた後ろから穴に突っ込んで愉しむ。

大徳寺クリニックは、ＶＩＰたちにこのような肉体接待をして、富をますます増やしているのだ。

眩《まばゆ》い美少女

地下室に通じる道がなかなか分からず、冬花は苛立《いらだ》っていたが、清掃の仕事は淡々と果たしていた。

特に変わったこともなく、病院に勤務する人たちは皆マジメに働いているように見えたが、いつか必ず「奇妙な場面」を目撃する機会がくるだろうと、冬花はチャンスを窺《うかが》っていた。

夏美と言えば相変わらずで、大徳寺家の下調べをしたりクリニックの情報を収集しながら、プライベートな時間も楽しんでいた。

その日もホテル内のエステでたっぷり身体を磨き、その後ラウンジで軽い食事をした。

「あー、気持ち良かった！　やっぱりスウェーデン式エステは違うわね。身体の疲れが吹き飛ぶわ。極楽、極楽」

夏美は満足げな笑みを浮かべ、アボカドと海老のサンドウィッチを頬張る。エステの後の、こんな気怠《けだる》い時間が、夏美はたまらなく好きなのだ。肌をやけに艶々とさせながら、彼女は泡立つシャンパンを喉に流し込んだ。ホテルの一階のラウンジからは、緑豊かな庭園が眺められた。

食事を終え、二杯目のシャンパンを楽しんでいると、ふと、ラウンジにいるほかの客が夏美の目に入った。

隅の席で顔を近づけて話している男女を、夏美は注意して見た。

気づかれぬよう、雑誌を広げて読むふりをして観察する。女は眼鏡を掛けて黒いスーツを着て雰囲気を変えているが、大徳寺麗子に間違いなかった。夏美の表情が引き締まる。

夏美は男にも見覚えがあるような気がして、誰か必死で思い出そうとした。そして彼の顎にある大きなホクロで、気づいた。彼もサングラスを掛けてポロシャツにジーンズのラフな格好で雰囲気を変えているが、衆議院議員の有田浩介《ありたこうすけ》だ。近県で活動している彼は、東京で息抜きでもしているのだろうか。

有田は、『人に優しい、クリーンな政治』をスローガンに『麗《うるわ》しい日本』を唱え、今度の選挙にも出る。大徳寺クリニックの顧客リストには名前を連ねていなかったが、麗子と密かに会っているということは、何か繋がりがあるのだろうか。

夏美は雑誌をめくりながら、彼らの様子を慎重に窺っていた。

有田は麗子とヒソヒソと少し言葉を交わしただけで、コーヒーを飲み干すと、すぐに席を立った。麗子に「じゃあ」というように一礼し、ラウンジを出て行く。夏美もさりげなく椅子を立ち、サングラスを掛け、ラウンジを素速く去った。

ロビーに出ると、有田がエレベーターに乗り込むのが見えた。エレベーターのドアが閉まると、夏美はそっと近づき、有田がどの階で降りるのかを確かめた。

三十階建てのこのホテルで、エレベーターは二十一階と二十七階で止まった。つまり、そのどちらかの階で降りたということだが、二十一階はレストランやジムが入っているので、宿泊しているなら二十七階だろうと夏美は推測した。プレミアムフロアになっているので、ＶＩＰの有田が泊まるなら、やはり二十七階だろう。

夏美はエレベーターの陰に隠れて、今度は麗子が動くのを待った。

五分後ぐらいに麗子がラウンジから出てきて、携帯電話で何かを話しながらロビーを歩いてゆく。麗子はロビーを横切り、裏の入り口へと向かった。麗子は入り口を出て、誰かを待っているようだった。

その時、タクシーが到着した。そのタクシーから一人の少女が降りると、麗子は優しい笑みを浮かべて彼女の肩を抱き、再びホテルの中に入った。

麗子は少女を連れて、ロビーを引き返した。ホテルのロビーの眩いライトに照らされた少女を見て、夏美は驚いた。

動くフランス人形のような、凄まじいほどの美少女だったからだ。

夏美は一瞬、仕事を忘れ、彼女の美少女ぶりに見入ってしまった。その少女は、まさにフランス人形だった。大きな瞳、筋の通った鼻、ふっくらとした頬、尖《とが》った顎《あご》、紅い唇。そして漂白したかのような、恐ろしいほどに白い肌。華奢《きゃしゃ》でしなやかな身体。スラリと伸びた長い手足。栗色の長い髪は腰にまで伸び、ふわふわと揺れている。少女は髪にリボンをつけ、白いレースのワンピースを着ていた。

少女の美貌は、夏美の背筋をゾッとさせるほどのものだった。

「いったいあの娘はいくつかしら？　どう見ても、小学校高学年か、中学生ぐらいとしか思えないわ。……とすると、学校はお休みなのかな？　平日のお昼過ぎに、どうしてこんなところにいるのかしら」

夏美は疑問を呟きながら、少女の後ろ姿から目を離さなかった。麗子は笑顔で少女に話し掛け、時おり彼女の髪や肩を撫《な》でる。二人がエレベーターのほうへ向かうと、夏美も素速く後を追った。

一緒にエレベーターに乗り込んでも良かったが、念のため、ずらして一台待つ。

二人を乗せたエレベーターはぐんぐん上がってゆく。予想通り、二人が二十七階で降りるのを確認すると、夏美も隣のエレベーターに乗り込み、同じフロアへと向かった。

二十七階で夏美が降りると、廊下に人影はなく静まりかえっていた。目立たぬよう、柱の陰に隠れて、身を潜める。すると、ある部屋のドアが開くのが見えた。

中から出てきたのは麗子で、バスローブを羽織った有田の姿も見えた。麗子は有田に丁寧にお辞儀をし、部屋を去った。麗子が有田の部屋から出てくるところを、夏美はしっかりペン型の小型カメラで写した。そのあたり、やはりプロの泥棒なのだ。

麗子がエレベーターに乗り込むのを見届けると、夏美は廊下をそろそろと歩き、有田の部屋の前へと行った。ドアに耳を押し当ててみたが、さすがに声は聞こえてこない。プレミアムルームだから、防音対策は万全なのだろう。

「あの少女が、中にいるということよね。麗子はあの少女を有田に提供したんだわ。あんな年端もいかない娘を……なんて鬼畜な！」

夏美の心に、言いしれぬ怒りが込み上げる。

「有田って男も、どうしようもないヤツだわ！　作り笑顔で『クリーンな政治』とか『麗しい日本』なんて言いながら、少女を買ってるなんて！　これがもし公《おおやけ》になったら、児童買春で大スキャンダルになるわよ！　政治家としての命もお終いってのに、馬鹿な男だわ」

夏美は立腹しながらも、やがてある計画を思いつき、ニヤリと笑った。

夏美はフロントへ行き、すぐさま「宿泊をしたい」と申し出た。運良く、有田の部屋の隣が空いていたので、そこを指定する。

現金の前払いであれば、偽名を使ってもうるさく言われることはない。いざという時のために、夏美は纏《まと》まった現金をいつも所持していた。

部屋にチェックインすると、夏美はすぐさま壁に超高性能のコンクリートマイクをつけた。もちろん、隣の部屋の盗聴をするためだ。それから髪を引っ詰め、全身タイツのような黒いキャットスーツに着替えると、顔も覆面で隠した。このような仕事道具は、いつも携帯している。

そして、忍び足でバルコニーへと出る。このホテルのプレミアムルームには、バルコニーがついていると知っていたのだ。平日の午後三時、明るいが意外に人目につかない時刻だ。夏美は這うように、女泥棒の身軽さで、有田がいる隣の部屋のバルコニーへとスルリと伝っていった。

夏美はバルコニーに這いつくばり、そっと身を起こして、窓から中を覗いた。レースのカーテンが掛かっているが、中の様子はハッキリ見えた。夏美は小型カメラを片手に、息を呑んで窺っていた。

部屋の中では、有田と少女が戯れていた。ベッドの上で有田が少女を膝に乗せ、長い髪をブラシで梳《と》かしている。

「マリアちゃん、いつも本当に可愛いねえ。もう、食べちゃいたいよ。……ふふふ」

有田はそう言って、マリアの柔らかな頰をそっと撫でる。マリアはこぼれ落ちそうなほど大きな瞳で有田を見つめ、ニコリと微笑んだ。有田は相好を崩し、デレデレとした顔でマリアの髪を梳かし続ける。煌《きら》めく栗色の髪をブラッシングしているだけで、彼の股間は膨れ上がってしまうのだった。

マリアは男の勃起など気づかないかのように、無邪気な笑みを浮かべて有田の膝に座っている。有田からプレゼントされたテディベアを手に、彼女は御機嫌だった。

「ああ……マリア、君はどうしてそれほど美しいんだい？ ねえ、このまま歳を取らないでよ。今のまま、ずっと十二歳のままでいて欲しいな。でも……マリアちゃんなら、成長しても、ずっと美少女のままでいてくれるかな」

有田はそう言いながら、ルームサービスで取ったフルーツの盛り合わせに手を伸ばす。そしてサクランボを摘《つま》み、マリアの口元へと持っていった。

「ほら、マリアちゃんが大好きなサクランボだよ。マリアちゃんの唇もサクランボみたいに愛らしいね。……食べてごらん」

マリアは天使のような笑顔で頷き、サクランボを咥《くわ》える。可愛い唇で赤い実を咥え、舌先をチョロチョロと動かして実を転がして舐める。そしてサクランボに吸いついたまま、唇を尖《とが》らせて媚《こ》びたような表情を浮かべた。

そんなマリアを見つめながら、有田は息を荒らげ生唾を呑み込んだ。

マリアの髪を丁寧にブラッシングすると、有田は「お風呂に入ろう」と言った。大きな瞳をパチクリとさせ、マリアが頷《うなず》く。五十歳を過ぎた有田の股間は、美少女の媚態で、腹にくっつくほど勢い良く猛っていた。

有田がゆっくりとマリアの服を脱がしてゆく。彼の手は少し震えている。白いワンピースが滑り落ちると、下着に包まれたマリアの肢体が露わになった。純白のブラジャーとパンティを着けたマリアの身体は、驚くほどに白く、華奢で、神々しいほどに美しかった。有田は震える手でマリアのブラジャーを外す。マリアはされるがままで、何の抵抗もせず、ただ微笑んでいた。

マリアの乳房は微かに膨らんでいて、小さな乳首はピンクの蕾のようだ。有田はたまらず、マリアの幼い裸体を抱き締めた。

「マリア……ああ、マリア。僕の天使……」

上等な肉がうっすらとついているようなマリアの身体をまさぐりながら、有田はペニスを怒張させる。中年男性の欲望を一身に受け止めながら、マリアは何も言葉を発さずに、ひたすら微笑している。

有田はマリアをベッドに寝かせると、その幼い身体を舐め回し始めた。ずっと無反応だった少女も、乳首を舐められると、さすがに反応した。

「ああん……」

微かに喘ぎ、幼い身体をくねらせる。それがまた悩ましく、有田は物狂おしい興奮を覚えた。

「マリア……ううん……美味しい。君の肌は白くて柔らかくて……みずみずしく……もぎたての果実の味がする。ああ……素敵だ」

有田はマリアの膨らみかけの乳房に顔を埋め、恍惚とする。少女の身体を撫で回しながら、パンティを、ゆっくりと脱がせた。白い腿の間、まだ生えかけの若草のような陰毛が、そよいでいる。有田はこらえきれず、マリアの股間に顔を埋めた。

「ああ……美味しい……この、ちょっとオシッコの味がするところが……ううん、美味い……酸っぱくて……ううっ」

有田はマリアのしなやかな足を広げ、彼女のクリトリスを舐め回す。マリアは身をビクッビクッと反応させながら、可愛い声で喘いだ。

「ああっ……きもち……いい……ああん」

少女の股間を貪りながら、有田は夢見心地だった。

マリアの肉体をたっぷりと味わうと、有田は彼女と一緒にお風呂に入った。ストロベリーの香りがする泡風呂に、マリアは上機嫌だ。バスタブの中、マリアは有田に抱き締められ、無邪気にはしゃいだ。有田は少女の乳首に泡をつけたりして遊んだ。

有田はマリアの身体を、ストロベリーの香りの石鹸で、隅々まで丁寧に洗ってあげた。優しい有田にマリアがキスをすると、彼のペニスは怒張する。そんなペニスを見て、マリアは「うふふ、うふふ」とおかしそうに笑った。

お風呂から出ると、二人はまた部屋で戯れ始めた。有田はマリアをベッドに寝かせ、足を開かせて、ゆっくりと陰毛を抜いてゆく。

「マリアちゃん、ヘアのお手入れはちゃんとしましょうね。痛くないように抜くからね」

低い声で囁きながら、有田は毛抜きを手に、マリアの陰毛を引き抜く。部屋にはフレンチポップスの『夢見るシャンソン人形』が流れていた。

「ああっ……いたい……」

陰毛を引き抜かれるたびに、マリアが身を震わせる。本当に痛かったのだろう、マリアは目にうっすらと涙を浮かべた。

有田はヘアを五本抜くと、やめた。そして陰毛をティッシュで丁寧に包み、大切そうに鞄《かばん》に仕舞《しま》った。鼻息を荒らげ、有田はマリアにキスをした。

「ごめんね。痛かった？ でもマリアちゃん、とっても色っぽいよ。今の顔、すごく綺麗だ。……ね、写真に撮っておこう。今の表情。ね」

有田に言われ、マリアはコクリと頷く。『綺麗』と言われるのが、この少女は嬉しいのだろう。自ら大胆に足を開いた。

「そう！ ああ、マリアちゃん、素敵だ！ 色っぽい！ マリアちゃんは世界で一番綺麗だよ！ 処女の君の花びらは世界で一番美しい！ マリアちゃん、もう少し足を開いて、奥までよく見せてごらん。……そう、そうだよ！」

マリアは有田に乗せられ、カメラの前であられもない姿をさらけ出す。少女がにこやかに花びらを見せびらかす姿は、痛々しくも妖しい光景だ。

有田はマリアにプレゼントしたテディベアを掴むと、今度はそれを彼女の股間に置いてみた。可愛い熊のヌイグルミで女陰が隠されている姿というのも、有田のロリコン性癖を強く刺激し、彼は夢中でカメラに収めた。

「ああ……マリア、可愛いよ！　最高だ！　もう、君は世界一セクシーな娘だ！」

中年男性に絶賛され、マリアは喜々とした表情を浮かべる。撮影が終わると、有田はマリアの足の指を一本一本、丁寧にしゃぶった。

「マリアちゃん、大好きだよ。ああ、君の足の指はプルプルして、甘酸っぱくて、キャンディみたいだ。……美味しい……ああ、美味しいよ……マリアちゃん」

幼いマリアは化粧はしていないが、手足の爪に薄桃色のネイルを塗っていて、それがまた挑発的なのだ。

「くすぐったい……」

足の指を舐め回されて、マリアはクスクス笑いながら有田の頭を蹴った。有田は少しも怒らず、優しい口調で言う。

「あ、マリアちゃん、ごめんね。思いきり舐めすぎちゃったね。くすぐったかった？」

マリアは微笑みを絶やさず、有田を足で突っつく。有田は鼻の下を伸ばし、相好を崩して、マリアの足を撫でた。有田はしみじみと言った。

「ねえ、マリアちゃん。君が十八歳になるまで本番はおあずけなんて、酷だよね。でも麗子さんに、それは念を押されているから仕方ないな。『マリアが十八歳になるまでは、挿入は禁止。もしそれを破ったら、多額の賠償金を払っていただきます』、って。まあ、したたかな麗子さんのことだ。マリアちゃんファンの我々をさんざん焦《じ》らして、マリアちゃんの処女貫通儀式の時にまた大金を儲けようと企んでいるんだろうけれど。……あ、ごめん、ごめん。マリアちゃんはどうでもいいよね、こんな話」

マリアは目を擦《こす》り、小さなアクビをした。

「マリアちゃん、眠くなっちゃった？ もうグチは言わないから、まだ眠らないでね。……そうだ、そろそろマリアちゃんが好きな、あれをしようか？ 僕、お馬さんになるから。ね、乗馬の時間だよ」

マリアは「ジョウバ、ジョウバ」と繰り返しながら、ベッドから立ち上がる。華奢《きゃしゃ》な裸体に長い髪がふわっと掛かり、マリアは西洋絵画に描かれた女の子のように見えた。

四つん這いになった有田の背に乗っかり、マリアは「ハイ、ドー！ ハイ、ドー！」と掛け声をかけて乗馬の真似事を始めた。マリアを背に乗せ、有田はホテルの部屋を這い回る。少女は無邪気に喜び、高揚して有田の背を思いきり叩く。神々しいばかりに美しい少女を乗せた中年男性の腹は、弛《たる》みきって垂《た》れ下がっている。有田は政治家という自分の立場も忘れ、この美少女との妖しい戯れに没頭していた。

夏美はバルコニーに這いつくばって、一部始終を見届けた。超高性能の小型カメラで証拠写真も撮った。夜の七時過ぎに麗子が少女を迎えにきて部屋を去ると、夏美は素速くバルコニーを伝って、隣の部屋へと戻った。日が暮れて闇が広がっていたので、スムーズに動くことができる。月の輝く夜、夏美は泥棒の本領を発揮する。

自分がチェックインした部屋に戻ると、夏美は写真がちゃんと撮れたかどうかを確認し、それから達郎に電話を掛けた。

「お願い。今ホテルの部屋にいるから、急いできてちょうだい。ホテルの場所は……」

達郎にヘルプを頼み、電話を切ると、夏美は壁につけたコンクリートマイクを外して確認した。有田と少女の様子が、ちゃんと盗聴録音されていて、安心する。

夏美は再びコンクリートマイクを壁につけ、有田の部屋の様子を窺い続ける。彼の動きに、目を光らせていなければならない。

達郎が部屋に到着すると、夏美は証拠写真を見せながら、今日の出来事を話した。彼がくるまでに、夏美は隣の部屋に注意しつつ、服を着替えていた。

「なるほど、大きな動きがあったな！　この写真はすごいや。夏美さん、さすがだ。たいしたもんだよ、やっぱり」

達郎が興奮したような声を出す。夏美は冷静に言った。

「今をときめく政治家と、年端もいかぬ少女との淫らな戯れ。マスコミに流したら、大スクープの大スキャンダルよ。……でも、もうちょっと、証拠が欲しくない？」

「もうちょっと？」

夏美は腕を組み、考える。

「ええ。この写真だけでは、有田浩介が淫行で捕まり、バッシングされて表舞台から消えるぐらいで終わると思うの。大徳寺麗子が部屋から出てくるところと、少女を迎えにきたところをかろうじて撮ったけれど、ちょっとブレてしまったし、この写真のみでは大徳寺クリニックを潰すことは難しいように思うわ。……だから、決定的になるようなものが、欲しいわね」

達郎が訊く。

「つまり、その決定的になるものを、有田から引き出そうってことか。これらの写真をネタに」

夏美と達郎が顔を見合わせる。夏美はニヤリと笑った。

「そうよ、そのつもり。その助っ人で貴男にきてもらったの。脅かすのは、やはり一人より二人のほうが、断然心強いですもの。……それに、有田を脅かせば、あの少女のことも分かるだろうし」

有田は九時頃に部屋を出て、プレミアムフロア宿泊者専用のラウンジへと行き、一人で酒を飲んだ。専用のラウンジは何杯飲んでも無料だし、静かで落ち着いているので、人目も気にせずくつろげるのだった。

窓際の席で、新宿副都心の夜景を見ながら、有田はヘネシーの水割りを飲んだ。

「相席させていただいても、よろしいかしら」

唐突に女に声を掛けられ、有田は少し驚いた。女の隣には男もいる。このようなホテルの専用ラウンジで「相席させて」などと声を掛けられることなど、まずあり得ないことなので、有田はボーイを呼ぼうとした。

しかし女に差し出されたものを見て、それをやめた。有田の顔がみるみる強張《こわば》ってゆく。

夏美と達郎は、有田を挟むように、椅子に座ってしまった。

「有田浩介さん。この写真が表沙汰になったら、貴男、どうなるか分かりますよね？」

達郎がドスの利いた声を出す。うつむく有田の額に、汗が滲んでゆく。

「お部屋での御様子、隠しマイクでも録音させていただきましたわ。……ほら」

夏美が小型のテープレコーダーを回すと、少女との戯れの声が流れ始め、有田は震え出した。有田は押し殺したような声で言った。

「分かった……。金なら出す。いくら欲しいんだ。億単位ではさすがに出せんが、数千万なら渡せる。お願いだ、選挙が控えてる。その写真とテープを売ってくれ。表沙汰にするのだけは、勘弁してくれ」

素直な態度が、なんだか可哀相になり、夏美はニコリと笑って優しい口調で言った。

「有田センセイ、そんなに切羽詰まった顔をしなくても、よろしいわ。私たち、お金はいりませんの。その代わり、大徳寺クリニックのこと、色々お話してくださらないかしら。そして……なにか大徳寺クリニックに関する淫らなビデオでも持ってらっしゃるなら、それを私たちに渡していただけないかしら？　この写真とテープと引き替えに。ね？」

有田は顔を上げ、夏美と達郎を交互に見た。そして上擦る声で言った。

「え……。本当にそれで許してくれるんですか？　それで私のスキャンダルを揉み消してくれるんですね？　はい、お話します！　なんでもお話します。ビデオも持ってます。すべて差し上げます！」

助かったというような顔で、有田が目を潤ませる。夏美と達郎は顔を見合わせ、ほくそ笑んだ。

『謝肉祭〈Vol. 1〉修道女M地獄』

有田から渡されたビデオには、勝彦が患者にイタズラしているもののほか、地下の部屋やホテルのスイートルームなどで秘密のSMパーティーを開いているようなものもあった。

ビデオには『謝肉祭』というタイトルがつけられていた。

夏美と冬花そして達郎は、彼から没収したテープを、春野《はるの》家で見ることにした。大徳寺クリニックの裏側が、三人の前で明らかになってゆく。

場所はホテルのスイートルームのようだった。映画のスクリーンぐらい大きな窓に、ビルがそびえ立つ東京の煌めく夜景が広がっている。男たちは七人ぐらいで、勝彦もいる。女たちは四人いて、そのほか麗子と美少女のマリアもいた。

男たちの中には、芸能界や政財界の著名人もいたし、作家もいた。女たちは皆、乳房と尻が異様に膨れ上がった人工美女ばかりだった。クリニックの患者だった女たちを罠に嵌め、肉体接待要員にしているのだろう。マリアだけは天然の美少女のようだが。

女たちは麗子とマリア以外は、修道服を着ていた。このような宴に修道服というのが、また淫靡である。

皆、酒を飲みながらオードブルを摘んで談笑していたが、麗子がパーティー開催の挨拶を始めると、静かになった。

「皆様、大徳寺クリニックを御贔屓《ひいき》にしていただき、まことにありがとうございます。これからも、愉《たの》しいことを色々考えて参りますので、当クリニックをどうぞよろしくお願いいたします」

麗子は肌も露わなイブニングドレスを着て、婉然と微笑んでいる。美しき女帝に、客たちは拍手喝采した。

麗子の挨拶が済むと、シスター姿の女たちが一人ずつ簡単な自己紹介をした。

「シスター百合です」

「シスター蘭です」

「シスター菊です」

「シスター椿です」

花のように艶やかな彼女たちは、皆、修道服を着ていても色香が匂い立っている。修道服に巨乳が突き出しているところも、悩ましかった。麗子が愉快そうに言った。

「さて、今日の生け贄になるのは、四人のシスターの中の誰かしら？　楽しみです！　じゃあ……生け贄はどうやって決めようかな。やっぱりあれね、フェラチオ・ゲームだわ！」

麗子の提案に、男たちがまたも喝采する。「いいぞ！」と口笛を吹く男もいた。暴力団との交際も噂されている、芸能界のドンと呼ばれる男だ。

液晶大画面ＴＶにはヴィスコンティの『ルードウィヒ・神々の黄昏《たそがれ》』の映像が流され、ワーグナーの音楽がムードを盛り上げる。

男たちの熱視線の中、麗子は女たちを四つん這いにさせた。修道服姿の四人の女は絨毯の上で、尻を突き出した。

麗子は彼女たちの修道服を捲り上げると、ニヤリと笑い、高らかに言った。

「では男性陣から、彼女たちに浣腸してもらいましょう！　浣腸したい方、いらっしゃいます？」

麗子の問いに、男たちは「はい、はい！」とこぞって手を挙げる。

麗子は四人の男たちを選び、それぞれ浣腸をさせることにした。芸能界のドン・高柳《たかやなぎ》、某政党の党首・大濱《おおはま》、大企業の専務・嘉山《かやま》、大学教授兼作家・櫻井《さくらい》の面々だ。彼らはそれぞれ百合、蘭、菊、椿の後ろに立ち、尻を撫で回した。

倒錯したムードの中、彼らは目を血走らせる。四つん這いで尻をさらけ出した修道女というのはそれは淫靡で、男たちは全員、股間を膨らませていた。

麗子は彼ら一人一人に浣腸器と、バケツになみなみ注いだ浣腸液を手渡し、言った。

「シスターたちに、思いきり浣腸してあげてください。普段は貞淑《ていしゅく》だけれど本当は淫乱なシスターたち、皆、泣いて喜びますわ」

男たちは下卑た笑みを浮かべ、浣腸器を掲げる。高柳は百合のアナルに浣腸器を突き刺し、ゆっくりと浣腸液を注入していった。

「ああんっ……ダメ……ふううん」

浣腸液が腹に流れ込んできて、百合が修道服を着たまま悩ましく身をくねらせる。欲望にギラつく男たちの前で浣腸をされるのは、頬が燃えるほどに恥ずかしく、でもなぜか秘肉が疼《うず》いて濡れてしまうのだった。

高柳は五百CCの浣腸を百合のアナルに流し込むと、肉づきのよい尻を撫で回し、パーンと叩いた。

「はああっ……いやあ……」

四つん這いで身をくねらせ、百合が歯を食いしばる。グリセリンを溶かしたお湯浣腸が、じわじわと腸に染み込んでくる。

「おい、百合。お前、みんなの前でヴァギナとアナルをさらけ出しながら、すごく濡れているぞ！　大陰唇が蜜でヌラヌラと光っている。浣腸されて感じるなんて、この淫乱女！　修道服を纏《まと》った、雌犬め！」

高柳は目を血走らせ、百合の尻を摑んで、二度目の浣腸をした。再び五百CCの浣腸液が百合のアナルに注入される。

「あああん……はあああっ……」

極度の羞恥と緊張と快感で、百合は次第に頭が朦朧《もうろう》とし始める。堕ちた姿を視姦される快楽で、女陰はヒクヒクと蠢き、アナルはキュッと引き締まる。高柳以外の男たちも、皆、勃起していた。

ほかの男たちも、あてがわれた女に、それぞれ浣腸を始めた。修道服を着た四人の女たちは、絨毯の上で、尻丸出しの四つん這いの姿で横一列に並んだ。

「いやあ……蘭、お浣腸、怖い！　勘弁してえ！　いやあ！」

蘭は童顔で歳よりも若く見え、ロリータの雰囲気を持っている女だ。そういう女が大好物の大濱は、蘭を押さえつけ、喜々として浣腸器を突き刺す。

「ほら、蘭ちゃんのお尻に浣腸をぶち込んでやったぞ！　すごい！　浣腸液がみるみるお前の腹に入っていく！」

浣腸液が腸に沁みてきて、蘭は「ああんっ」と身をブルッと震わせる。

『いやあ』、なんて言いながら、お前の可愛いアナルが浣腸器を咥え込んでいるぞ！　綺麗なアナルだなあ……珊瑚ピンク色で、イソギンチャクみたいだ。もう、見てるだけで、ザーメンが噴き出しそうだよ！」

大濱は言葉責めをしながら、蘭のアナルを浣腸器で犯す。嫌がる蘭を押さえつけ、浣腸液を何度も注入した。

嘉山は菊のアナルに、浣腸器を差し込んだ。

「ふううんっ……うううんっ」

楚々《そそ》とした和風美人の菊が、浣腸をされて悶《もだ》える。その姿に、嘉山のペニスは痛みを感じるほどに怒張した。

「ああ、菊は色っぽいなあ……。アナルも菊の形で、艶やかに花開いてる。女陰も……濡れているね。浣腸されて、感じているんだね。いやらしい女だ……」

嘉山は菊の尻を撫で回し、そして優しくキスをした。浣腸液が効いてきて、菊は額に汗を滲《にじ》ませてゆく。眉間に皺を寄せて悶える菊の痴態がたまらず、嘉山は思わず彼女の膣に指を突っ込んだ。

「はあああっ……くううっ」

菊は額に汗を浮かべ、歯を食いしばる。膣への刺激で、嘉山に注入された三千ＣＣの浣腸液が逆流しそうになる。

「ううん……よく濡れてるねえ。ぐちゅぐちゅ言ってるよ。みんなに見られながら浣腸されるって、やっぱり感じるんだね。ああ、シスター菊の花びら、僕の指に吸いついて離してくれない」

嘉山はそう言いながら、菊の女陰を指で掻き回す。ねっとり、ゆっくり、秘肉をくすぐるように。膣が滑《すべ》る卑猥な音が、この倒錯《とうさく》した宴をいっそう盛り上げる。

「ダメ……ダメえ……出ちゃう……」

白い尻を揺すり、菊が泣きそうな声を出す。浣腸液を漏らしてしまいそうなので、アナルに力を入れるから、自然と膣にも力が入ってしまう。それゆえ菊の女陰は、嘉山の節くれた指を、いっそうキュウッと咥え込んだ。嘉山は鼻息を荒らげ、卑猥なことを言い続けた。

「ねえ、シスター菊のあられもない姿を見ながら、男たち全員勃起してるよ。この光景を目に焼きつけて、家に帰ったらシスター菊の淫らな姿を思い出して、みんなペニスをゴシ扱《しご》くんだろうな。……うん？　男たちのズリネタになるって、どんな気分？　正直に答えなさい。ほら、答えろ！　自分のことを想像されてペニスを扱かれるって、どんな気分だ！　言え！」

興奮が高まり、嘉山の言葉が荒くなる。菊は膨らんだ腹を震わせ、掠れる声で答える。

「気持ち……悪いです……。ううんっ……恥ずかしくて……イヤです……くううっ」

嘉山は目を血走らせ、指を激しく動かし、菊の女陰をえぐった。

「気持ち悪いだと！　嘘つけ、お前みたいな淫乱な女は、ズリネタにされて嬉しいんだろ！　ほら、それを証拠に、俺に問いつめられて、お前のマンコはますます火照《ほて》って蜜が溢れてきた！　ほら、言え、正直に！『殿方にズリネタにされて嬉しゅうございます』って言うんだ！」

強く高ぶり、嘉山は菊の女陰に指をズブズブと激しく出し入れする。浣腸が効いてきて、本当に漏らしてしまいそうになり、菊は涙を浮かべて叫んだ。

「はい、言います！　嬉しいです！　私の淫らな姿でヌイていただいて……光栄でございます……。ううっ……うううっ」

羞恥を通り越した屈辱に、菊は涙を溢れさせる。嘉山に責められる菊の姿はそれは淫靡で、勝彦は思わず精液を少し漏《も》らしてしまった。

櫻井は椿に浣腸をした。椿は小麦色の肌のギャル系で、この四人の中では一人浮いている感じだ。普段はジャズダンスの講師のバイトをしているというだけあって、身体が弾力に満ちている。一番生意気そうに見えるが、学者肌の櫻井は実は彼女のようなギャル系が大好物だった。

四つん這いになった椿のピチピチとした尻を撫で回し、櫻井は溜息混じりで言った。

「椿ちゃん……素敵なヒップをしてるねえ。ゴム鞠みたいに弾力がある。日焼けした肌と、水着跡の白い肌のコントラストが、またたまらない。ああ、椿ちゃん。小麦色の双臀の間、ピンク色のキュートなアナルが見えるよ。ううん……愛らしい」

櫻井は鼻息を荒らげ、椿のアナルをペロペロと舐める。椿はビクッと身を震わせた。

「やだあ……くすぐったい……あああんっ」

ギャル系の椿に修道服は似合わないが、そのミスマッチ感がいかにもコスプレのようで淫靡だった。

「君は、やっぱり男性経験、けっこうあるね。大陰唇と小陰唇は、もう赤黒くなってしまっている。腐りかけたマグロの刺身みたいだ。でも……入り口はまだピンク色だね。初々しいピンクではなくて、サーモンピンクだけれど。ああ……ヌルヌル光ってる。じっと見つめられて興奮しているんだね」

櫻井は観察するかのように椿の女陰を眺め回した。そして彼女のアナルに、ゆっくりと浣腸液五百CCを注ぎ込んだ。

「あああんっ……ダメ……」

小麦色の尻をくねらせ、椿が悶《もだ》える。彼女の腰のくびれや、スラリとした足を見ているうちに、櫻井の欲望は限界に達した。櫻井はたまらなくなり、ズボンをずり下ろすと、怒張したペニスを露わにした。そしてペニスを椿のサーモンピンクの膣へと当て、ズブズブと奥まで差し込んだ。

「いやあ！　痛いっ！　あああっ……大きい……きゃああっ……いやあぁ――ん！」

いきなり犯され、椿が悲鳴を上げる。四つん這いの姿で櫻井のペニスに貫かれ、椿は屈辱的な快楽に身を震わせた。

「ほら、どうだい？　ああっ……椿ちゃんのオマンコ、やっぱりいいなあ！　締まりが……すっごくいい……ううう。ああっ……た……たまらない……くうっ……このまま、浣腸してあげるから……ね。もっと締まるよ、きっと……」

櫻井は快楽に呻きながら、椿に挿入したまま、彼女のアナルへ再び浣腸を始めた。

「ああん……ふううんっ……」

櫻井のペニスがあまりに逞《たくま》しいため、椿は思わず腰を少し動かしてしまう。ペニスを咥え込んだまま浣腸されると、二つの穴が同時に固く引き締まるようだ。

「ああっ……入ってくる……お腹に浣腸液が……入ってくるう！」

ダンスで鍛えた身体をくねらせ、椿が喘ぐ。挿入されながら浣腸され、椿の肛門に得も言われぬ快感が駆けめぐる。体中の粘膜が、熱く火照って蕩けてしまいそうな感覚だ。

「ああっ……また一段と締まった！　やっぱり浣腸セックスは最高だ！　浣腸をしながらだと……膣にペニスを食いちぎられそうなほど……締まる。ううううっ……すごい」

櫻井は強すぎる快楽に呻き、夢中で椿のアナルに浣腸液を流し込む。浣腸をするたびに、締まりがいっそう強くなるからだった。

「ああっ……漏れる！　漏れるよお！　いやあっ……優しくしてえ！」

バックから激しく突かれ、椿が悲鳴を上げる。浣腸しながら櫻井は腰を動かすので、逆噴射してしまいそうだった。

「櫻井様、今していることは『フェラチオ・ゲーム』ということをお忘れなく。私どものパーティーに禁止事項は特にありませんが、今の時点では、挿入はなるべくおやめくださいね」

櫻井の肩に手を当て、麗子が穏やかな口調で言う。麗子にたしなめられ、櫻井はふと正気に戻った。息を荒らげながら、椿の女陰からペニスを抜き取る。その時、精液が少し漏れ、床へと粘つきながら垂れた。

「申し訳ない……いや、つい興奮しちゃってね。その……いつもそうだけれど、このパーティーのなんとも言えない〝魔の雰囲気〟に、取り憑《つ》かれてしまうんだよ。正気でいられなくなるというか……いや、お恥ずかしい。行儀よくします」

櫻井はうなだれ、素直に麗子に謝った。

四人の女たちは、それぞれ三千CCの浣腸液を注入され、四つん這いのまま我慢させられた。十分もすると効いてきて、便意が腹を駆けめぐり、ゴロゴロと鳴り出す。

「くううっ……ふうううっ」

汗を浮かべ、苦悶の表情で身をくねらせる女たちを、男たちは嘲笑しながら視姦する。

そして麗子の掛け声で、四人の男たちはズボンを下ろしてペニスを取り出す。これからがいよいよ〝フェラチオ・ゲーム〟である。

ルイ十六世風ロココ調の豪奢《ごうしや》な部屋の中、床に大きなビニールシートを敷き、その上で彼らはいきり勃ったペニスを、女たちにいっせいに咥えさせる。女たちは腹の痛みをこらえ、苦悶の表情のまま、フェラチオを始める。女たちがフェラチオをする相手は、それぞれ浣腸をされた男だ。

百合は高柳の、蘭は大濱の、菊は嘉山の、椿は櫻井の男根を、それぞれ咥えている。

このゲームでは、男をイカせるのが一番遅かった女が罰を受け、今日の生け贄となるのだ。生け贄に決まると、過酷な責めを受けることになるので、女たちは皆必死でフェラチオする。怒張した黒いペニスを咥え、舌が攣《つ》りそうになるほど舐め回した。

「ぐううっ……はあああっ」

女たちの熱心な口淫に、男たちは身をのけぞらせて呻く。男たちは皆、尾てい骨がゾクゾクするような凄まじい快楽を得ていた。一列に並んでフェラチオされるという、このアブノーマルな雰囲気が、彼らを極度に興奮させるのだろう。大量の浣腸液で膨れ上がった修道女の腹というのも、倒錯したエロスを醸し出していた。

「ふううん……くうっ」

次第に便意が凄まじくなってきて、女たちは誰もが脂汗を浮かべて苦悶する。このゲームでは、途中で漏らしてもダメで、その時点でその女が生け贄に決まってしまうのだ。「漏らしたら地獄」という、その恐怖感と緊張感が、よけいに女たちの便意を煽るのだろう。一種の極限状態の中、女たちは頭を真っ白にし、肛門にだけは力を入れ、ただひたすらペニスを舐め回した。

百合は高柳の竿を熱烈な舌遣いで舐め上げる。

蘭は大濱の亀頭を咥え、先端を特に熱心に舐め回す。

菊は嘉山のペニスを奥深く咥え、必死でイラマチオする。

椿は櫻井のペニスの裏筋を舐め上げ、睾丸も口に含んで転がした。

こんな猥雑なゲームを、残りの二人の男たち、麗子、勝彦、そしてマリアは、ソファにゆったりと腰掛け、笑いながら観賞していた。ほかの二人の男とは、外資系証券マンの梢《こずえ》と、元警視庁勤務で今は悠々自適《ゆうゆうじてき》の生活を送る西川だ。

「いや、絶景だな。四匹の雌犬たちが、顔面蒼白でフェラチオする姿は!」

マッカランの水割りを啜《すす》り、葉巻を燻《くゆ》らしながら、梢が声を上げる。テーブルの上には、ウイスキーやワインやシャンパンのほか、フルーツやチョコレートの盛り合わせ、カナッペや生ハムなどのオードブルも並んでいた。

「まったくだ。なんて妖しく倒錯した興奮なのだろう。このようなパーティーは、一度経験してしまうと、そのクセのある味が忘れられなくなってしまう。まるで……このブルーチーズのようなものだな。ふふふ」

西川はワインを味わいながら、ブルーチーズを頬張る。そしてチョコレートの掛かった苺《いちご》を指で摘むと、隣に座っているマリアの口に近づけ、食べさせた。マリアの愛らしい唇に苺を押し込み、西川は目尻を下げて、相好を崩す。マリアは笑顔で苺を食べ、唇の端についたチョコをそっと舐めた。マリアはパーティーの間もずっと、テディベアを抱き締めていた。

「梢様、西川様、お愉しみいただけていますようで、よかったですわ。……ねえ、誰が一番最初にイクと思います？　うふふ、皆様、あんなにペニスを大きくして、顔を真っ赤にして、可愛いですわ」

麗子は美しい足を組み替え、生ハムの載ったメロンを摘み、頬張る。果汁で濡れる義姉の唇を見つめ、勝彦は生唾を呑んだ。

「嘉山さんじゃないかな。シスター菊にイラマチオされて、もう、限界って顔してるよ。あれだけ唇で擦られたら、すぐにイッてしまうんじゃない？」

苦悶の顔で天を仰いでいる嘉山を見ながら、梢が言う。梢の意見に勝彦は同意したが、西川は違うようだった。

「そうかな。亀頭を舐め回されている大濱君じゃないかね。あんなにベロベロ舐められたら、私ならあっという間に達してしまうよ……まあ、シスター菊が生け贄《いけにえ》になってくれると個人的に嬉しいんで、嘉山君にはなんとか持ちこたえてもらいたいものだ」

あまりに猥雑なゲームに高ぶっているのだろう、七十歳を過ぎた西川はしきりにズボンの上から股間を触っている。老いてなお、性欲は盛んなのだ。悦楽に目を細めて股間を弄《いじ》る西川老人の隣で、マリアはあどけない笑顔でゲームを眺めていた。

人に見られながらフェラチオされ、四人の男たちは異様な高ぶりを感じていた。ペニスを伝わって、下半身から全身へと快楽が駆けめぐる。その快楽は〝毒〟を持っているがゆえに強力で、身体だけでなく脳髄《のうずい》までが痺れてゆくのだ。

「ううう っ……くうううっ……はああっ！」

一番初めに達したのは、梢の予想どおり、嘉山だった。全身を震わせ、ペニスをビクビクと痙攣させて、菊の口の中へとザーメンを噴出する。菊は眉間に皺を寄せ、嘉山のザーメンを口で受け止め、ゴクリと飲み干した。

修道服を着た女が精液を飲み込むのは、それは淫靡な光景で、梢も西川も勝彦も股間を熱くした。周りの男たちのズボンが激しく盛り上がっているのを見ながら、マリアは薄く笑みを浮かべた。

「ああっ……ダメ……はああっ……出る……」

ザーメンを飲み干すと、急に凄まじい便意に襲われ、菊が身を震わせた。腹を手で押さえ、額に脂汗を浮かべて床にうずくまる。

麗子は〝おまる〟を菊に突き出した。

「お疲れさま。今夜の生け贄は免れたわね。じゃあ、これに脱糞しなさい。皆の前で。おまるなら、思いきりウンチできるでしょ。ふふふ……」

麗子は微笑んでいるが、その目は妖しい狂気の光を孕《はら》んでいる。麗子の冷たさは有無を言わせぬ迫力を持ち、菊は蛇に睨まれた蛙のような心境で、逆らうことなどできない。

菊は修道女の姿のまま、腹を押さえてよろめきながら、おまるに跨った。三リットルのグリセリンお湯浣腸が、腹の中で渦巻いている。便意という自然の摂理が極まって、羞恥心を凌駕《りようが》してしまう。他人の好奇の視線を一身に受けながら、菊は身をブルブルと震わせて脱糞した。

ジャ――――ッ、ビシャビシャビシャ、ザザザ――――ッ。

初めに茶褐色の水便が勢い良く噴き出す。その姿を見ながら、麗子たちはさもおかしそうに大笑いをした。梢などは指を差して笑っている。

凄まじい便意から解放され、菊はおまるに跨り、安堵《あんど》の溜息をつく。しかしそれも束の間、今度は耐え難い羞恥に襲われ、涙がこぼれてくる。

「ああ……神よ……」

排便する姿を人に見られるなど、背筋が凍るほどの屈辱だ。麗子や男たちの嘲りの声が、菊の心身を崩壊させてゆく。

「ああっ……ああ、また……」

再び激しい便意が込み上げる。おまるに跨り、修道服を捲り上げ、下半身をさらけ出して、菊は全身に汗を滴《したた》らせる。

「くううっ……はあああっ……」

下腹が熱くなり、肛門のあたりに重みを感じてアナルが盛り上がる。そして、今度はブリブリと音を立て、肛門から固形の便が溢れ出した。排便の姿を見られるのはもちろんだが、その〝音〟を聞かれるのはそれに輪を掛けて恥ずかしい。菊はうつむき、羞恥で燃えるように紅潮した顔を覆った。褐色の便がおまるに垂れ落ち、溜まっていた水便が弾かれて、菊の白い尻に跳ね返る。

「あーっはっはっ！　臭いぞ！　おい、シスター！　人が見てる前でウンコして恥ずかしくないのか？　そんなに大量なウンコをして、変態か、お前は！　お前みたいな変態シスターは、ウンコしながら濡れてるんじゃないか？」

梢が菊に侮蔑の言葉を浴びせ、大笑いする。しかし嘲笑しながらも彼のペニスは、菊の排便姿に、怒張していた。

「神に仕える身でありながら、恥ずかしげもなく人前で脱糞するなんて……。なんて淫蕩《いんとう》な修道女なのかしら！　まあ、神はサディストとも考えられるから、その神に仕えていることと自体が究極のマゾヒズムなのかもしれないけれど。神に調教されているのね、修道女って。……ふふふ」

ブランデーグラスを傾け、麗子が目を光らせる。そしてしなやかな手を、勝彦の股間へとそっと伸ばした。義姉と義弟は見つめ合い、共犯者のような笑みを交わす。勝彦は麗子の耳もとで囁いた。

「ねぇ、揉んで……」

麗子は薄く笑みを浮かべたまま、義弟の股間をズボンの上からそっと弄ぶ。勝彦のペニスはいきり勃ち、脈を打っていた。爪を真紅に彩った麗子の白い手で撫でられ、勝彦の股間はますます膨れ上がってゆく。

マリアは目を丸くして、菊の排泄をじっと見ている。そして西川老人は、マリアのフランス人形の如き美貌と、菊の排泄を交互に眺めながら、老いた股間を猛らせていた。

菊が排便をしている間に、大濱が蘭の口の中で達した。

「んぐっ……うぐううっ」

この妖しい宴に異様に興奮していたのだろう、大濱は大量の白濁液を蘭の口にぶちまけた。蘭は浣腸液の溜まったポッコリした腹を揺さぶり、身をくねらせてザーメンを飲み干した。

麗子たちに嘲笑されながら、菊はすべてを出し尽くし、排便を終えた。菊は糸が切れてしまったかのように、暫《しばら》くおまるに跨《また》がったままグッタリとしていた。羞恥を通り越して茫然自失となってしまったのだろう。

麗子は菊に或るものを放り投げ、それで拭くように命じた。麗子が与えたものとは、なんと〝聖書〟だった。

「それを千切《ちぎ》って、トイレットペーパー代わりにしなさい。シスター、聖書を破って、それでお前の糞まみれの汚れた尻を拭くのよ！　おーっほっほっほ」

麗子の高笑いが響く。

「マタイによる福音書。『姦淫《かんいん》してはならない。離縁してはならない。腹を立ててはならない。復讐してはならない。敵を愛しなさい』ですか。まったく、聖書ってのは嘘ばかり書いてあるねえ。トイレットペーパーほどの価値もないような気がするなあ、私は」

西川老人がマリアの髪を撫でながら、合いの手を入れる。麗子は菊を蹴飛《けと》ばし、冷たい口調で言った。

「ほら、さっさと拭いて、それからバスルームに行って、おまるを綺麗に洗ってきなさい。おまるの中身は、ちゃんとトイレに流すのよ」

そして麗子は、菊の背中にヒールの先を突き立てた。その態度は、菊を人間ではなく、まるで虫けらとでも思っているかのように傲慢だった。

菊がバスルームへと消えると、今度は蘭が皆の前で脱糞した。

「うううんんっ……あああぁっ」

排便の凄まじい音を立てながら、蘭はおまるの上で身をくねらせる。

「いや……見ないで……見ないでぇ……ふううんっ」

悩ましく懇願しながらも、蘭の顔は喜びに輝いているようにも見えた。蘭は脱糞しながら、好色のフェロモンを身体から匂い立たせていたのだ。

「おい、シスター蘭！　お前はウンコをしてるところを見られて、何をそんなに笑っているんだ！　お前は嬉しいんだろ！　脱糞姿を見られて興奮する変態女め！　……ああ、ちくしょう忌々《いまいま》しい！　変態女たちばかりで勃っちゃって仕方がない！　早く生け贄を決めてくれよ、そうでないと、もう発射してしまいそうだ！」

葉巻をスパスパと吸いながら、梢が呻る。

「いや……ダメ……ウンチしてる私を見て勃起しちゃイヤ……うううんっ」

蘭はおまるに跨って糞をひねり出しながら、目を潤ませて今にもイッてしまいそうだ。

「シスター蘭はイヤらしいなあ。真に好きモノなんだね、君は。好色女のエロスが、ペニスに伝わってくるよ」

西川老人もこらえきれず、ズボンの上から股間を押さえている。

男たちに視姦される興奮で、蘭は脱糞しながらクリトリスを弄り始める。アナルから便が溢れ出る、排便の快感で、蘭の女陰は濡れそぼっていた。

「ああんっ……見ないで……蘭を見ちゃイヤ……感じちゃうから……ううんっ」

蘭は排便を終えても、そのままの格好で秘肉を自ら弄り回す。彼女の痴態に打たれて、勝彦も梢も西川老人も、カウパー液を溢れさせてパンツをベトベトにし、ズボンにまで沁み通らせていた。

おまるに跨ったまま自慰に耽る蘭の尻を、麗子がハイヒールを履いた足で蹴る。おまるから転がり落ちた蘭に、麗子はバイブレーターを突きつけた。

「そんなに快楽を貪りたいなら、これを使って皆様の前で心ゆくまでオナニーしなさい、雌豚ちゃん。ほら、自分がひねり出した臭いウンコの匂いを嗅ぎながら、オナニーするのよっ！」

麗子は蘭にバイブレーターを持たせ、高笑いをした。極太の黒いバイブに、蘭は目を潤ませ、舌なめずりする。蘭は床に寝そべり、修道服を捲り上げ、大股開きで夢中で自慰を始めた。蜜が溢れる女陰に、バイブをグイグイ押し込んでゆく。

「ああんっ……大きい……あああ――っ……太くて……んんっ……気持ちいい……あーっ」

蘭は口元を涎《よだれ》で光らせ、極太バイブで自らの秘肉をえぐる。両手でバイブを摑み、激しく動かして快楽を貪った。

　修道服を着た女のバイブオナニーの姿は圧巻で、誰もが食い入るように見つめた。

「ああっ……修道女はMなの……ううんっ……ほら、見て！　蘭のオマンコ、見て！　蘭、クリトリスにピアスつけてるの！　Mだから……蘭、変態なの……ああんんっ」

　甘い声で叫び、蘭は秘肉を見せつけたいかのように大股開きをする。上半身は修道服に覆われ、下半身を剝き出しにした蘭のクリトリスには、確かにピアスがつけられていた。

　蘭は秘部をさらけ出し、バイブをズブズブと女陰に出し入れしながら、クリトリスにつけたピアスを自ら引っ張って、自慰に没頭する。

　こらえきれずに梢が蘭に飛び掛かろうとした時、高柳が雄叫びを上げて百合のフェラで達した。

「ついに決まったわ！　今夜の生け贄はシスター椿ね！」

　麗子が叫んだ、その時だった。

「きゃあああっ！」と悲鳴を上げて、櫻井のペニスを咥えたまま椿が漏らしてしまったのだ。我慢の限界だったのだろう。ビニールシートの上に、椿のアナルから噴き出した茶色の水便が広がってゆく。椿は修道服を汚しながら泣き崩れてしまった。

「ああっ……いやあ……見ないで！　ううううっ」

椿は啜り泣いて懇願するが、脱糞はなかなか止まらない。グラマラスな小麦色の身体を震わせて排便する椿はなんとも扇情的で、男たちは目を血走らせ息を呑んだ。

「おい、射精が済んだやつ、誰かこの女のアナルにおしっこを掛けて清めてやってくれ！　俺が掛けてもいいんだが、勃起してるから尿が出そうもないんだ！」

梢が股間を押さえ、叫ぶ。椿はすべてを垂れ流し、ぐったりとして泣き濡れている。

「じゃあ、俺がする！　おしっこ出そうだ」

大濱が大きな腹をさすりながら、手を挙げる。そしてズボンを下ろすと、椿の小麦色のヒップ目掛けて、排尿した。射精した後ビールを飲んだからか、勢い良くドバドバと尿が出て、椿の汚れた下半身を洗い流してゆく。ペニスから迸る黄金色の液体が女のアナルに降り掛かる様に、男たちは興奮して喝采した。

「いやあ！　やめて！」

尿を掛けられるという耐え難い屈辱に、椿が泣き叫ぶ。嘉山は椿を押さえつけ、果物ナイフを手に言った。

「修道服が汚れてしまったな。匂うから、切ってしまおう」

そして修道服にナイフを突き立て、勢い良く引き裂いてゆく。

「いや！　きゃああっ！」

修道服が破かれる衝撃で、椿は悲鳴を上げる。引き裂かれ、椿は下半身は剝き出しで、上半身だけ修道服に覆われる姿になった。男たちはその姿に極度に欲情し、鼻息を荒らげて目をギラつかせた。

「ふふふ……シスター椿、なかなか色っぽいじゃない。でも、ちょっと臭いわ。ウンチとオシッコの匂いが混ざって、貴女の下半身から漂ってるの。これで清めましょうね」

麗子は微笑みながら、椿の下半身に高級シャンパンのクリュッグを振り掛けた。椿の双臀の間、シャンパンの泡がパチパチと弾けて煌めく。

「ああっ……冷たい……あああっ」

シャンパンを掛けられ、椿が身をくねらせる。下半身を剝き出しにしているのに、修道女のベールを被ったままというのも、また卑猥だ。男たちは椿の猥褻な姿を見ているうちに限界に達し、襲い掛かった。櫻井、梢、西川老人、そして勝彦で、椿を押さえつける。

「きゃあああっ！　いや――――っ！」

小麦色のしなやかな身体を震わせて椿が抵抗するが、無駄だ。梢が床に寝そべると、泣き叫ぶ椿を櫻井と勝彦が抱え上げ、彼の屹立した下半身の上に乗せてしまった。

「いや！　あああっ！　あ――――っ」

椿の女陰の中に、梢の肥大したペニスがズブズブと埋め込まれてゆく。騎乗位の形で貫かれ、椿は涙を流して身を捩った。

「ううっ……ああ、さすが締まりがいい……ダンサーだけある……ぐううっ」

梢は下から激しく突き上げ、椿の極上の女壺の味に涎を啜る。キュッキュッと締まるので、アッという間に達してしまいそうだった。

「いや――！　いやああっ！」

梢の上で身を捩る椿の顔を摑み、西川老人が言う。

「おとなしくしなさい！　ほら、舐めて。噛《か》んだりしたら、折檻《せっかん》だからね」

そして西川老人は、いきり勃ったペニスを、椿の口へと突っ込んだ。

「ふぐっ……んぐぐっ……ふうっ」

犯されながらフェラチオさせられ、椿は苦悶の表情で涙する。上と下の穴を塞がれた椿は、右手で櫻井の猛り狂うペニスを、左手で勝彦の膨れ上がったペニスを握らされる。

「さあ、シスター椿、しっかり扱いてくれ。オマンコ、口、両手を使って、四人の男を一度にイカせるんだ。そしてザーメンまみれになり、ますます輝くがいい。……ふふふ」

勝彦に命ぜられるまま、椿は両手も動かし始めた。こんなことをしていると、なんだか自分が人間ではなくオモチャか何かかと思えてくる。四人に犯されるうちに、羞恥も屈辱の感情も麻痺してきて、頭が真っ白になってゆく。

「ああ、すごい。修道服がめくれて、シスター椿の巨乳がブルブル揺れてる……。猥褻だ……あまりに猥褻だ。イッたばかりなのにまた勃ってきた……ああ、いやらしいなあ」

椿の痴態を見ながら、高柳がペニスを勢い良く扱く。

「ああん、いいな……。私も犯されたい。椿ちゃんみたいに……そんなふうに輪姦されたい……うううんっ」

犯される椿をじっと見つめ、蘭が物狂おしいようにバイブオナニーに耽る。

ペニスと視線で犯されながら、椿は秘肉が熱くなってジンジンしてくる。ダンスで鍛えた女壺が、いっそう引き締まった。

「ぐううっ……ううううっ」

雄叫びを上げ、梢が達した。椿の極上の肉壺に、白濁液をぶちまける。凄まじい快楽のため、シャワーのように飛び散った。

「あっ……あっ……いいです……あああっ」

椿の顔を摑んでイラマチオさせていた西川老人が、彼女の口の中に精液を迸《ほとばし》らせた。

初老の男の粘つく精液が口の中に広がり、椿は吐き出そうとしたが、彼は顔を押さえつけたまま許さない。椿は仕方なく西川老人の精液を飲み干し、その苦い味に顔を顰《しか》めた。

「はうっ……はうううっ！　ああ、いいっ！」

犯されまくる椿を視姦しながら、彼女の手でペニスを扱かれ、櫻井はたちまち達してしまった。ザーメンは勢い良くビュッと飛び散り、椿の頭を覆うベールに降り掛かった。

「ああっ……気持ちいい……ううううっ」

勝彦も椿に扱かれ、射精した。ドロリとした濃い白濁液が、椿の美しい顔に直撃する。激しい快楽で、四人の男たちは暫く身を震わせ、ペニスを痙攣させた。

四人に犯された椿は、泣くことすら忘れ、茫然自失としていた。修道服が捲れ上がって露わになった乳首は、なぜか勃っていた。そして女陰も、なぜか達してしまい、ヒクヒクと伸縮していた。

☆

ビデオはここで一度、途切れた。砂嵐のような画面に変わる。ショッキングな映像に、三人は神妙な顔つきで何も言葉を発せられずにいた。達郎は大きな溜息をつき、煙草を揉み消す。夏美は腕を組み、画面を睨んでいる。冬花は青ざめ、吐き気が込み上げるのか口元をハンカチで押さえていた。

張り詰めた空気にいたたまれず、達郎がソファから立ち上がった。独り、廊下で一服でもして、気持ちを落ち着かせようと思ったのだ。

「俺、ちょっとトイレに行ってくる。少し休憩にしよう。……冬花さんも、無理しないで、気分が悪くなったら外に出ていいからね」

そう言ってリビングを出ようとする達郎に、夏美がクスリと笑う。

「イヤだわ……トイレだなんて。達郎さん、ヌイてくるんでしょ？　ビデオがすごすぎて、ムラムラしちゃったのね。うふふ」

夏美のとぼけた発言で、緊張した空気が一変し、達郎は思わずズッコケた。

「な……何を言ってるんですか！　……あんまりビデオが壮絶だったから、外の空気を吸って、気分転換でもしようと思ったんです！　とにかく休憩しましょう！　お姉さん、あんまりお酒を飲みすぎないように！　……まったく、しょうがねえなあ」

達郎は頭を掻き、ブツブツ言って廊下に出た。そんな彼の後ろ姿を見ながら、夏美は薄笑みを浮かべたままでいる。冬花は、二人の遣り取りを聞き、呆れたような表情で溜息をついた。そして「冷たい水を飲んできます」と言って彼女も立ち上がった。

『謝肉祭〈Vol.2〉マダムたちの奴隷オークション』

達郎が部屋に戻ってくると、大画面にビデオの続きが流れていた。冬花もキッチンから戻ってきていた。

舞台はホテルのスイートルームのように見えるが、状況がガラリと変わっていた。

広い部屋は薄暗く、赤い照明が煙っている。フィレンツェ風の重厚感溢れるデザインの部屋には、大きな回転テーブルがあり、その周りにマダム風の女たちが座っていた。天井からは豪奢なシャンデリアが下がっている。

テーブルの上には、キャンドルが灯る燭台、酒やフルーツの盛り合わせ、そして革のパンツ一枚の美青年が載せられていた。

美青年を載せたテーブルはゆっくりと回転し、椅子に座ったマダムたちは笑みをこぼしながら彼を吟味していた。

マダムたちは五人いて、皆キャッツアイで目を隠し、毛皮を纏っていた。目隠しをしているが、皆、匂い立つような色香を持っていることは分かる。大徳寺クリニックの顧客であるマダムたちなのだろう。

「成城マダム、御覧あそばせ。M奴隷君、股間があんなにモッコリしてますわよ」

「まあ……若いから元気ねえ。見られるだけで感じちゃうのかしら。……ふふふ」

テーブルの上の美青年を観賞しながら、マダムたちは妖しい会話を愉しんでいる。美青年は浅黒くてソフトマッチョで、ギリシャ彫刻のような肉体をしている。顔は彫りが深く、甘い二枚目で、マダムたちの欲望と好奇心を満たしていた。

美青年は足首にチェーンをつけられて引っ張られ、M字開脚で大股を開かされている。革のパンツに浮かび上がる、股間の隆起がよく分かった。日焼けした背中には「マゾ奴隷犬」と烙印が押され、乳首には輪の形のピアスがつけられていた。

マダムたちの好奇の視線に犯されるようで、美青年は甘苦しい表情で、歯を食いしばっていた。

「まだ十九歳なんでしょ、M奴隷君。すぐに勃っちゃうお年頃よね。可愛いわ」

美青年を舐め回すように見ながら、芦屋《あしや》マダムが扇子《せんす》を手にクスクスと笑う。マダムたちはそれぞれワインやシャンパンや水割りを飲み、葉巻やキセルを吹かしていた。

マダムたちは皆、毛皮の下にはボンデージやボディハーネスやスリーインワンを纏っている。成熟した尻には、TバックやGストリングを食い込ませていた。

「成城マダム」と呼ばれる女は、チンチラの毛皮。「芦屋マダム」と呼ばれる女は、サファイアミンクの毛皮。「鎌倉マダム」と呼ばれる女は、ブラックミンクの毛皮。「白金マダム」と呼ばれる女は、ロシアンセーブルの毛皮。「軽井沢マダム」と呼ばれる女は、シルバーフォックスの毛皮を羽織っていた。

回転テーブルに載せられたM奴隷と、それを見てくつろぐ豪奢なマダムたちの奇妙な宴には、進行役の男もいた。大徳寺勝彦である。勝彦はマダムたちに媚びるような笑顔を振りまきながら、水割りを片手に挨拶を始めた。

「お忙しいところ、皆様、よくおいでくださいました。麗しき奥様たちにお会いできて、たいへん光栄に思っております。当サークル恒例の〟マゾ奴隷市〟でございます。このテーブルに載っかっているM奴隷君を、皆様、どうぞ競《せ》り落としてくださいませ。そして今宵一晩、どうぞお好きなように可愛がってやってくださいませ。競りの商品は、『今夜一晩、このM奴隷君を自由にできる権利』でございます。M奴隷君、名前を勇樹《ゆうき》と申します。根っからのマゾヒストですので、買っていただいて、何をしてくださってもかまいません。美しい奥様たちにいたぶられましたら、泣いて喜ぶことでしょう。肉体も一部改造してありますので、必ずや御満足いただけると思います。では、〟奴隷オークション〟、開催いたします」

勝彦が言い終わると、すぐさま軽井沢《かるいざわ》マダムが手を挙げ、孔雀《くじゃく》の羽根を振った。

「五十万」

希望金額を言って、妖しく微笑む。

「五十万ですね。はい、では五十万からスタートです！　マゾ奴隷・勇樹を一晩買うお値段、ほかにはありませんでしょうか！　十九歳、ピチピチでイキがいいですよ！　回復力も抜群です！」

マダムたちを乗せるような口ぶりで、勝彦が進行する。

「では、六十万」

今度は成城《せいじょう》マダムが挙手し、希望金額を告げる。

「はい、六十万が出ました！　ほかにはありませんか？　……これから奥様たちにはゲームも愉しんでいただきますが」

「六十七万！」

白金マダムが悩ましい声を上げる。結局、八十万まで釣り上がったところで、ゲームを始めることになった。

それはいわゆるトランプゲームで、勝彦はマダムたちに二枚ずつ配ってゆく。

マダムたちは酒を飲み、フルーツを摘みながら競りを愉しんでいた。キャッツアイをつけてはいるが、マダムたちは誰も欲望と好奇心で顔を輝かせている。テーブルの上の勇樹を舐めるような視線で犯し、自らの秘肉を疼かせていた。熟れた尻に食い込むTバックやGストリングを、マダムたちは誰もが既に濡らしていた。

勇樹は拘束され淫らなポーズを取らされながら、自分の値段が釣り上がっていく高揚で、ペニスをさらに熱くしていた。ピッチリとした革のパンツに股間がクッキリと浮き立つのが、恥ずかしくも妙に興奮する。マダムたちに視姦され、勇樹は被虐の悦びを噛み締めていた。

勝彦はマダムたちにトランプのカードを配り終え、言った。

「では皆様、お手持ちのカードを御覧ください。そして二枚の数を合計してください。たとえばスペードの9とダイヤのクイーンでしたら、21といいますように。そして合計点が多い方から順番に、勇樹に好きな悪戯を一つだけしていただけます。本番以外は、何をしてくださってもかまいません。悪戯される勇樹の表情を観察しながら、お値段をまたお考えくださいませ。カードについてですが、スペードの女王を配られた方は、合計点に拘わらず、その方が一番となりますので、どうぞよろしくお願いいたします」

マダムたちは喜々として、配られたカードを見る。白金《しろかね》マダムが嬉しそうに叫んだ。

「あら、私にスペードの女王がきたわ！　……ということは、私が一番初めに、勇樹君に好きなことができるのね！」

マダムたちは合計点を言い合い、順番を決めた。ますます盛り上がっている勇樹の股間に、マダムたちは好色そうに舌なめずりした。

一番目の白金マダムは、薄笑みを浮かべてロシアンセーブルをはだけた。彼女のスレンダーな肢体は、紫のエナメルのスリーインワンに包まれていた。スリーインワンとはガーター付きのビスチェである。白金マダムは妖気を漂わせながら、ビスチェをずらして片方の乳房を露わにした。細身の肢体には不釣り合いなほど、丸々と膨れた乳房だ。

白金マダムは乳房を両手でギュッと摑み、ワイングラス目掛けて、母乳を搾《しぼ》り出した。突起したピンク色の乳首から、白い母乳がピューッと飛び散る。その淫猥な光景に、マダムたちから歓声が起きた。

「まあ、奥様、ステキ！」

赤ワインに母乳が混ざって徐々にピンク色になってゆくのを見ながら、マダムたちは興奮したように「おほほ」と高笑いする。

「半年前に子供を産んだばかりだから……母乳がよく出るの。お乳が張って仕方がないのよね。……でも女の身体ってホント、貪欲《どんよく》よ。子供産んで落ち着くかと思ったら、前より、もっと色んな人とセックスしたくなっちゃうんですもの！　母乳を飲ませながらセックスすること考えて、オナニー三昧よ！　おほほ」

母乳を搾り出し、白金マダムは悩ましく身をくねらせる。そして乳房をはだけたまま、勇樹にワイングラスを突き出した。

「赤ワインの母乳割りよ。さあ、お飲みなさい！　一滴も残さず！　私の母乳の栄養を、貴男の体内にも分けてあげるわ」

「はい……マダム、ありがとうございます」

勇樹はテーブルの上で大股開きをしたまま、白金マダムからワイングラスを受け取る。そして命ぜられたとおり、赤ワインの母乳割りを喉に流し込んだ。

「んぐ……んぐ……美味しい……美味しいです……ううん」

ワインと母乳が混ざって生臭い匂いが鼻をつくが、飲み込めないことはなかった。美味しくはないが不味くもなく、なんとも淫靡な味がして、勇樹の舌を痺れさせた。

「やだ……勇樹君、オチンチンがまた大きくなってるわ。母乳を飲んでいきり勃つなんて、イヤらしいコ！」

軽井沢マダムが勇樹の股間を指さし、からかうように言う。五人の妖艶なマダムにいっせいに見つめられ、勇樹のペニスは革のパンツの中でピクピクと蠢いていた。

「ごちそうさまでした……美味しかったです」

勇樹はワインの母乳割りを飲み干し、白金マダムに丁寧に礼を言った。彼も大徳寺クリニックに隆鼻手術で来院して、罠に嵌《は》められたのだが、もともとM奴隷の素質はあったようだ。麗子や勝彦に調教され、今では〝競りパーティー〟に欠かせぬ奴隷の一人となった。

「いいコね。可愛いわ」

白金マダムはそう囁き、勇樹の頭を撫で、頰にキスをした。マダムからはランスタン・ド・ゲランの甘い香りが漂い、勇樹は一瞬、官能の目眩《めまい》を感じた。

二番目は、鎌倉マダムだった。鎌倉マダムは輝くようなブラックミンクを羽織っていて、その姿で傍に近づかれるだけで、勇樹は精液を漏らしてしまいそうだった。革のパンツにはカウパー液が滲んでいる。

「勇樹君、彫刻のような肉体をしているわね。……たっぷり、イジメてあげる」

鎌倉マダムはそう言うと、真紅の唇に淫靡な笑みを浮かべた。そしてテーブルに身を乗り出し、長いスカルプチュア（人工爪）で、勇樹の肉体を優しく引っ掻き始めた。

「ああっ……ううっ……くすぐったい……あああああっ！」

悩ましく呻きながら、勇樹が身悶える。その声が可愛らしく、マダムたちはまた嬌声《きょうせい》を上げた。

「くううっ……あああっ、あっ！　痛いっ！　あああっ……ううううっ」

勇樹が悶えれば悶えるほど、鎌倉マダムは喜々として彼を引っ搔く。彼女の人工爪は真紅でダイヤが鏤《ちりば》められ、根元から三センチほどの長さがあった。その爪で優しく引っ搔かれるとくすぐったく、強く引っ搔かれると痛くて血がうっすらと滲んでくる。

鎌倉マダムは次第にエキサイトし、勇樹の引き締まった身体に爪を突き立て、肉に食い込ませた。勇樹の浅黒い肌に白い引っ搔き跡がつき、徐々に血が滲んでゆく。

「痛いっ……あああっ……助けて！　あああっ！」

勇樹の声は悲鳴に近くなってゆく。鎌倉《かまくら》マダムは目を爛々《らんらん》と光らせ、彼に言った。

「なによ、『痛い』なんて言いながら、君、ペニスが膨れ上がってるじゃない！　革のパンツがもっこりしちゃって、はち切れそうだわ！　ホントにエッチなコね！」

鎌倉マダムは喜々として、勇樹の肉体を爪で切るように引っ搔く。勇樹は痛みの快楽に絶叫し、ペニスをビクビクさせてカウパー液を垂《た》れ流した。

「九十万！」

勇樹の苦悶の表情と、よがり声に食指を動かされ、芦屋《あしや》マダムが競り値を更新する。

「九十万！　九十万が出ました！　まだまだイケそうです！」

水割りを片手に、勝彦が声を張り上げる。鎌倉マダムは勇樹を好きなだけ引っ掻くと、ニコリと微笑み、言った。

「じゃあ、百万！　いい声で泣くもの、彼。ゾクゾクしちゃった」

そしてブラックミンクに包まれた豊満な肉体を揺さぶり、再び椅子に腰掛けた。

赤いライトが揺れる中、宴は続く。三番目は成城マダムだ。チンチラの毛皮を纏った彼女は、有名な女性誌にセレブ読者モデルとしてもよく登場している。

成城マダムは自らもテーブルの上に乗り、勇樹に命じ、上を向いて口を大きく開かせた。そしてマダムはマスカットを口に含み、唾液をたっぷりとまぶしてクチュクチュと噛み、それを勇樹の口の中へとペッと落とした。いわゆる〝咀嚼《そしゃく》プレイ〟だ。勇樹はマダムの唾液まみれのマスカットを、夢中で噛み締めた。

「美味しい？　……うふふ」

勇樹の頭を撫でながら、成城マダムが訊く。

「はい……美味しいです……マスカットとマダムの唾液の味が絡み合って……とっても美味しいです……」

マスカットを飲み込みながら、勇樹が言う。彼の答えに、成城マダムは満足そうに微笑んだ。成城マダムは咀嚼を繰り返し、自分が噛み締めたマスカットを、勇樹に何度も食べさせた。ソフトな戯れに、勇樹はウットリと目を細め、甘美な快楽を味わった。

チンチラの毛皮が一瞬はだけた時、成城マダムの肉体を包むランジェリーが見えた。彼女は黒のベビードールを着ていて、成熟した女の色香に、勇樹の股間はさらに熱を帯びた。

四番目は、軽井沢マダムだ。軽井沢マダムは攻撃的な、いかにも女王様風の女で、やる気満々でシルバーフォックスを脱ぎ捨てた。彼女のしなやかな肉体は豹柄のボンデージに包まれていて、ほかのマダムたちから喝采《かっさい》が起きた。

「ふふん、可愛い顔してるわね。イジメ甲斐《がい》があるわ！」

軽井沢マダムは勇樹の顎を摑んでそう言うと、葉巻の煙を彼の顔へフーッと掛けた。Mッ気を刺激され、勇樹はもうそれだけでペニスが疼いて仕方がない。軽井沢マダムは勇樹の乳首についたピアスを思いきり引っ張った。

「痛い！　いた――――いっ！」

勇樹が悲鳴を上げる。しかし痛みによる快楽で、彼の股間はいっそういきり勃つ。革のパンツにカウパー液が染み込んでテカっているのがハッキリ分かる。

「奥様、その調子でもっと嬲《なぶ》って差し上げて！」

芦屋マダムが陽気に叫ぶ。軽井沢マダムは目を光らせてピアスを引っ張り、勇樹の乳首が千切れそうになって血が滲むまで、いたぶり続けた。

「痛い！　痛いっ！　ぎゃあああ――――っ！」

勇樹は絶叫しながらも、乳首が感じるのだろう、ペニスを怒張させる。痛みを超越した暴力的な快楽が駆け抜け、ちょっとでも触れたらペニスが爆発してしまいそうだ。

軽井沢マダムは目を血走らせ、勇樹の乳首についたピアスに、今度は肩凝りを治す低周波治療器を接続した。そしてスイッチをオンにし、電流を流し始めた。

「ふおっ！　おおおっ！　ああああ――――っ！」

勇樹はチェーンで拘束されたまま、身をビクビクと震わせ、テーブルの上でのたうつ。痛めつけられた乳首に電流が走り、脳までが痺れてゆきそうだ。痺れはペニスにも伝わり、カウパー液を迸らせ、今にも発射するかのように硬直したままビクビクと蠢く。

軽井沢マダムは意地悪な笑みを浮かべ、低周波治療器を操作し、電流を強めたり弱めたりする。そして、そのたびにテーブルの上で飛び跳ねる勇樹の反応が面白く、マダムたちは大笑いして見物していた。

「すごいですわ！　オチンチンがあんなに大きくなってますわよ」

「ホント、漏れちゃってパンツもベトベトね！」

勇樹の盛り上がった股間に、マダムたちは興奮し、秘肉をジンジンと疼かせる。

「ああああ――――っ！　イク！　イク――――っ！　あああっ！」

雄叫《おたけ》びを上げ、勇樹が達しそうになった時、鎌倉マダムは電流を止めた。最高潮のところで刺激を止められ、勇樹は呻きながら〝蛇の生殺し〟の苦痛を味わう。射精の直前で止められ、ペニスは直立したままカウパー液を垂らしてドクドクと蠢き、発射できぬ甘痒いエクスタシーが彼の身体を駆けめぐった。

「ふううっ……くううっ……」

顔を真っ赤にし、歯を食いしばって呻く勇樹に、マダムたちはいっそう疼く。

「あら、可愛いわね。食べちゃいたい。だから、百十五万！」

「オチンチン逞しそうよねえ。……百二十万！」

競り値はどんどん上がってゆく。軽井沢マダムは勇樹の乳首にキスし、シルバーフォックスを羽織り直して、再び婉然と椅子に座った。

最後は芦屋マダムだ。芦屋マダムはサファイアミンクの毛皮を纏ったまま、勇樹の傍に立った。妖しい笑みを浮かべ、燭台《しょくだい》から蠟燭《ろうそく》を取り、それを手に持つ。そしてその蠟燭を、勇樹の股間へと垂らし始めた。

「うあああっ！　熱い！　ぎゃあああっ！」

身を震わせ、勇樹が叫ぶ。生殺しをされたペニスに今度は蠟《ろう》を垂らされ、続けざまの強い刺激に気がおかしくなってしまいそうだ。

「ふふふ……我慢しなさい。後で冷やしてあげるから」

芦屋マダムは手首を器用に回しながら、勇樹の股間を赤い蠟《ろう》で固めてゆく。黒い革のパンツがみるみる赤くなってゆく様は壮観で、マダムたちも大喜びだ。

「あら、勇樹君ったら、蠟燭も好きなのね！　蠟を垂らされても、オチンチン縮まずに大きいまんまだもの！」

「彼、ドMね！　期待しちゃうわ！　百三十万！」

芦屋マダムは徐々に勇樹の股間だけでなく全身にも蠟を落としてゆく。テーブルが回転するごとに勇樹の足首についたチェーンが引っ張られ、今や股間は全開になっていた。革のパンツの脇から、陰毛がはみ出しているのも、また淫猥だ。

「ふああっ！　あつ……熱い！　くうううっ」

蠟が落ちるたびに、勇樹は熱さと快楽に身を震わせる。蠟で全身が覆われてゆくと、熱い風呂に入っているような感覚で、マゾヒストには気持ちが良いのだ。勇樹は男根を怒張させ、再び発射してしまいそうだった。

しかし芦屋マダムも射精を許さず、すんでのところでやめた。またも勇樹は不発の快楽に顔を歪め、ペニスをビクビクと蠢かせる。蠟が垂れたパンツに、カウパー液がまたタップリと染み込んだ。

「本当に可愛い雄犬ね。私、百四十万出すわ」

芦屋マダムは悩ましげに言うと、サファイアミンクを揺らし、椅子にゆったりと腰掛けた。

「百四十万！　百四十万が出ました！　勇樹は根っからのマゾです！　さあ、今度は皆様でこの雄犬についた真っ赤な蠟を剝がしてやってください！」

勝彦はそう言って、快楽に苦悶する勇樹の髪を摑んで引っ張る。マダムたちは順番に、長い爪を立て、或いは果物ナイフを持ち、勇樹の身体にへばりついた蠟を引っ搔いて取っていった。

「ああっ……うううっ」

蠟を剝がされる時、ゾクッとした甘い戦慄が走り、勇樹は身悶える。マダムたちに引っ搔かれ、蠟はみるみる取れ、浅黒い肌が再び露わになった。

「はあああっ……ふうううっ……」

成城マダムが勇樹の股間に手を伸ばし、パンツについた蠟を爪で引っ搔く。怒張したペニスの感触が、成城マダムの手に伝わった。

「あら！　すごい！　逞しくなってるわ！　……勇樹君、ホントに変態ねえ」

そう言って含み笑いをする。「変態」と言われ、勇樹は羞恥を感じながらも激しく高ぶった。マダムたちに肉体をオモチャにされ、興奮も極度になっている。

「股間にまで蠟を垂らされて、熱かったでしょう。さっきはごめんなさい。今度は冷ましてあげるわね」

芦屋マダムは甘い声で囁《ささや》き、ワインを口に含んで、勇樹の股間へと垂らした。革のパンツがワインに濡れて、ますますピッチリと張り付き、膨れ上がった股間を浮き立たせる。

「ああっ……つ……冷たい……うううっ」

ワインがパンツに染みてきて、勇樹は思わず呻く。マダムたちは皆、椅子から立ち上がり、勇樹を取り囲んでいた。誰もが高ぶり、雌動物のような濃厚な香りを匂い立たせている。マダムたちは順番に、ワインを口に含んで、勇樹の股間にそれを垂らした。

「まあ、パンツが濡れて、モッコリがいっそう目立つわね！　おほほほ！」

マダムたちは扇子《せんす》を片手に、妖しい笑みを浮かべて高笑いする。大きなバナナを入れているかのように、勇樹の股間は盛り上がっていた。

「やめて……恥ずかしい……ううっ」

勇樹は浅黒い顔を赤くして、羞恥に身を捩る。しかしチェーンに足首を引っ張られ、大股開きをやめることは許されない。マダムたちに視姦されるようで、勇樹は被虐の快楽に悶えた。

「ねえ、勝彦さん。このコのパンツ、切ってしまってもよろしいかしら？　そろそろ〝中身〟を拝見したいわ」

勇樹の下半身に手を伸ばしながら、白金マダムが悩ましげに笑う。マダムの言葉に勇樹は身をブルッと震わせ、歯を食いしばり天を仰いだ。

「マダム、どうぞ、お好きなように。……勇樹君のペニスは、最高ですよ！　御覧くださったら、ますます惚れてしまうと思います」

勝彦は白金マダムに鋏《はさみ》を渡し、ニヤリと笑った。マダムは薄笑みを浮かべ、勇樹のパンツに鋏を入れる。鋏がパンツを切り刻んでゆくのを、ほかのマダムたちはキャッツアイの奥の瞳をぎらつかせ、眺めていた。

パンツが切られ、勇樹の股間が露わになる。マダムたちは皆、思わず生唾をゴクリと呑み込んだ。

「きゃーっ、大きい！」

「いや！　すごい！　シリコンがたくさん埋まってるわ！」

「まあ、お馬さんみたい！　三十センチぐらいはありそうね。……百五十五万！」

「あの、オチンチンの根元に埋まってるのは何かしら？　しかし逞しいわねー」

「やだ……私たちにじっと見つめられて、巨大なオチンチンをビクビクさせているわ！　先っぽから透明な液もダラダラ垂らしちゃって！　さすが十九歳のオチンチン、イキがいいわねえ！　で、百七十万！」

勇樹の股間を凝視しながら、マダムたちは誰もが乳首を突起させ、クリトリスをプックリと芽吹かせ、秘肉を疼かせ、蜜を溢れさせ、その逞しいペニスを咥え込みたくてウズウズしていた。

「では、ここで御説明させていただきます。勇樹君のペニスには、御覧のように、シリコンボールが埋め込まれております。御質問の陰茎の根元についてですが、ここにはなんと、クリトリスバイブを埋め込んであるのです！　これは我が大徳寺クリニック秘伝の手術法であります。つまりは勇樹君は、〝人間バイブレーター〟と言っても過言ではありません。必ずや奥様方の熟れきった肉体を満たしてくれることでしょう」

勝彦の説明に、マダムたちから熱い溜息が漏れる。〝人間バイブレーター〟という言葉に、彼女たちの熟れた肉壺がいっそう疼く。

「まあ……クリトリスバイブが根元に！　是非、試してみたいわ、あたくし。百七十五万！」

鎌倉マダムが鼻息を荒らげると、芦屋マダムも負けてはいない。

「黒光りする逞しいペニス……逃さないわ。百八十万！」

競りはますます加熱する。マダムたちの熱い視線でペニスを凝視され、異様なる高ぶりの中、勇樹は今にも達してしまいそうだ。それを察知した勝彦に、陰茎の根元に長いチェーンがついているペニスリングを嵌められてしまった。勝彦は勇樹の両手も、革の手枷で後ろ手に拘束してしまった。

「これで暫く射精を我慢できるでしょう。……チェーンがついておりますので、奥様方、引っ張ってイジメて、どうぞお愉しみくださいませ」

勝彦はそう言って、チェーンをマダムに渡す。マダムたちは交互にチェーンを引っ張り、勇樹のペニスを嬲って愉しんだ。

「ああっ……痛い……痛いです！　そんなに強く引っ張らないで……ああぁ――っ！」

チェーンと革の枷《かせ》で身体を拘束され、いたぶられ、勇樹は悲鳴を上げる。激しい快楽でペニスの先は濡れ光っている。赤い照明に浮かび上がる彼の姿は、中世ギリシャの囚人のように見えた。

「素敵！　ああ、興奮しちゃう！　百八十五万出すわ！」

「被虐の美とエロスに輝いてるわね！　理想の奴隷よ。百九十万！」

「百九十五万！」

宴の高ぶりとともに、競り値はどんどん上がってゆく。水割り片手に、勝彦もほろ酔いで御満悦である。落札額の九割五分が自分と義姉の懐《ふところ》に入るからだ。当の勇樹は落札額の五分しかもらえない。まさに奴隷契約なのだ。

シルバーフォックスの毛皮の前を合わせながら、軽井沢マダムが威厳ある声で言った。

「二百万」

大台に乗り、一瞬、静まりかえる。勝彦はマダムたちを見回し、唇をちょっと舐め、煽った。

「二百万！　二百万が出ました！　それで決定でしょうか？　二百万で軽井沢マダム様に落札でよろしいですか？　ほかにいらっしゃらないようでしたら、〝人間バイブレーター〟の勇樹君は、軽井沢マダム様に落札されます」

その時、鎌倉マダムがワイングラスを傾け、微笑みながら言った。

「二百五万」

マダムたちの間から、思わず溜息が漏れる。

「二百十万！」

軽井沢マダムが声を荒らげ、鎌倉マダムを軽く睨む。ほかのマダムたちは大台に乗った時点で諦め、軽井沢マダムと鎌倉マダムの〝女の意地の張り合い〟を興味深く眺めていた。

軽井沢マダムの険悪な表情を見て、鎌倉マダムはクスリと笑い、成熟した女には不釣り合いな甘いキャンディボイスで、軽やかに言った。

「じゃあ、二百二十万で。……うふふ」

誰しも、息を呑んで、この成り行きを見守っている。軽井沢マダムは唇を嚙み締め、うつむいてしまった。二人の表情を見比べながら、勝彦が高らかな声を出した。

「はい、二百二十万！　それで決定ですね？　それ以上はありませんね？　……はい、では今夜の落札者は鎌倉マダム様、落札額は二百二十万で決まりました！」

マダムたちから拍手が起きる。軽井沢マダムは悔しそうだったが、皆に合わせて一応は手を叩いた。鎌倉マダムはブラックミンクに包まれて、ワイン片手に優雅に微笑んでいる。

「では、鎌倉マダム様、別室でお待ちくださいませ。勇樹君にシャワーを浴びさせ、ただちに向かわせますので。……ほかの皆様は、この後も、心ゆくまでお食事とお酒をお楽しみください。今からフランス料理のコースが出ますので。あ、鎌倉マダム様は、後ほどお部屋にお料理を運ばせていただきます。……皆様も、もし御希望がございましたら、若くてイキのいい男の子、色々取り揃えておりますので、別料金にて御提供させていただきます。『落札は無理だったけれど、熱い一夜を過ごしたいわ』という奥様は、是非、お申しつけくださいませ。お値段など、御相談させていただきますので」

勝彦はマダムたちに目配せしながら、流暢《りゅうちょう》に話し続ける。その姿は病院の副院長というより、ベテランホストのようであった。

「いらっしゃい。待っていたわ」

勇樹が部屋に入ってゆくと、鎌倉マダムはベッドの上で艶やかに微笑んだ。鎌倉マダムは本名を燿子《ようこ》と言い、勇樹のちょうど二倍の年齢の、三十八歳だった。

部屋は薄暗く、紫のライトが灯され、黒いふわふわの絨毯《じゅうたん》が敷き詰められている。ゴシック調のベッドには、やはりふわふわのミンクの毛布が掛けられ、燿子はブラックミンクを羽織ったままそこに寝そべっていた。

キャッツアイを外した燿子は、震いつきたくなるような美貌で、勇樹は惹きつけられるようにベッドへと歩いていった。傍にくると、燿子は勇樹の首へと腕を回し、熱く口づけた。熟れた人妻の唇は果物のような甘い味がして、勇樹は夢中で吸い上げた。

燿子はエメラルドグリーンのカラーコンタクトをしていて、雌猫のような目に見えた。

じっと見つめていると理性が狂ってしまいそうな、魅惑的な瞳だ。バスローブを纏った勇樹の股間は、抱擁とキスだけで、再び激しくいきり勃つ。

「ああ、耀子さんがあんまり色っぽくて、すぐイッちゃいそうです。持久力で満足させるため、シャワーを浴びながら一度ヌイたのに……。また、こんなに勃ってきました」

耀子から漂う花のような甘い香りを吸い込み、勇樹は若い下半身を漲《みなぎ》らせる。耀子は勇樹をベッドに押し倒し、バスローブを脱がした。彼の彫刻のような肉体、そして逞しいペニスが露わになる。

「うふふ。勇樹君、本当に素敵な身体をしているわね。オチンチンもお馬さんみたいに大きくて……美味しそう」

妖しく微笑み、耀子は唇をそっと舐める。美人マダムの淫靡な表情に勇樹はゾクッとし、ペニスをさらに猛らせた。

耀子は勇樹の手足に錠を掛けて拘束すると、テーブルに飾ってあった薔薇《ばら》の花束を摑み、それで彼の身体を打った。

「ああっ！　痛いっ！　棘《とげ》が……痛いっ！　ううっ」

勇樹は錠をガチャガチャと鳴らし、棘の痛みに耐える。耀子が薔薇の花束を振り下ろすたび、真紅の花びらがベッドや絨毯に舞い散った。薔薇の棘に引っ掻かれ、勇樹の浅黒い肌に血がうっすらと滲む。燿子は薔薇を放り投げ、勇樹の傷口に唇を寄せ、血を舐めた。

「はああっ……燿子さん……感じる……うううんんっ」

燿子の舌で傷を癒され、勇樹が身を捩《よじ》って悶える。彼のペニスは、ちょっと刺激しただけで射精してしまいそうなほどに膨れ上がっている。ゆっくり愉しみたいので、燿子は勇樹の陰茎の根元にペニスリングを装着してしまった。

シリコンボールが埋め込まれ、根元にクリトリスバイブまで埋め込まれた異形のペニスを見ているだけで、燿子の秘肉は蕩けそうなほどに疼いてしまう。燿子は舌なめずりをしながら、ブラックミンクを脱いだ。

真紅のボンデージに包まれた、白く豊満な肉体が現れる。ボンデージはしかもクロコダイルで、過激なデザインの〝ボディハーネス〟と呼ばれるもので、Gストリングが尻に食い込み、股の部分は穴が空いている。ピチッとしたボンデージは燿子の熟れた肉体によく似合っていて、その卑猥な姿に勇樹のペニスはますます膨れ上がった。

燿子はボンデージに合わせて真紅のハイヒールを履《は》き、悩ましげに身をくねらせた。身動きするたびに豊満な乳房と尻がブルブルと揺れ、その女盛りの淫らなフェロモンが勇樹の股間を直撃した。

「やだ……オチンチンの先っぽから、そんなにお汁を垂らしちゃって……イヤらしいコ」

キャンディボイスで淫らな言葉を発すると、より猥褻《わいせつ》に聞こえる。燿子の甘い囁きを嚙み締めながら、勇樹は下半身をジンジンと痺れさせていた。

燿子はボンデージ姿でベッドに戻ってくると、勇樹に覆い被さりながら煙草を口に銜《くわ》えて火を点《つ》けた。そして物憂《う》げな表情で、一服する。真紅の唇に細いシガレットを銜えた燿子は、大人の女の色香を放っていて、勇樹はしばらくその姿に見とれた。

「あぁっ……燿子さん……」

燿子は煙草の煙を、勇樹の顔にフーッと吹き掛けた。勇樹は少し噎《む》せたが、それでもうっとりとした表情で目を潤ませている。燿子は妖しげな笑みを浮かべ、今度は煙草を、彼の下半身へと押し当てようとした。陰毛がチリリと音を立てて焦《こ》げた。

「うわ……わわっ！　怖い！　あああっ！　熱い！」

燿子が煙草をペニスに押し当てようとすると、勇樹もさすがに身を捩って怖がる。恐怖に怯える彼の表情が可愛く、燿子は喜々として「ペニスに煙草を近づけ、すんでのところで押し当てない」という悪戯を繰り返した。

さんざん勇樹を弄《もてあそ》んで怯《おび》えさせると、燿子は彼の耳もとで優しく囁いた。

「ねえ、『あーん』してごらんなさい」

そして勇樹に口を大きく開かせると、しなやかな指を動かし、煙草の灰を落とした。

「うああっ！　ペッ、ペッ！」

強い苦味が口に広がり、勇樹は思わず吐き出した。目に涙を浮かべて咳き込む彼に、燿子はまたも甘い声で囁いた。

「ごめんなさい……勇樹君が可愛《かわい》くて、つい悪戯しちゃいたくなるのよ。苦かった？　お口直しに、今度はワインを飲ませてあげるわ」

燿子の熟れた色気に痺れ、勇樹はつい彼女の言いなりになってしまう。燿子はワインを口に含むと、勇樹と唇を重ね合わせ、口移しで飲ませた。燿子の唾液が混じったワインを喉を鳴らして飲み、勇樹は薄笑みを浮かべた。

黒いミンクの毛布の上、燿子の肌は透き通るほどに白く見える。勇樹は手足が拘束されてしまっているので、彼女を抱き締めることもできず、ただペニスをいきり勃たせるばかりだ。

燿子は焦らしながら勇樹の顔の上に跨り、秘肉を彼の口へと押し当てた。股に穴が空いているので、ボンデージを着たままでも、舐めさせることができる。顔面騎乗で、燿子は勇樹にクンニリングスさせた。彼の舌の動きに合わせて、ゆっくりと腰を動かす。

「ああん……上手ね……柔らかくて……気持ちいいわ……ううううんっ」

勇樹の舌で秘肉を犯され、燿子は身悶える。火照《ほて》って敏感になっているクリトリスを舐め回され、すぐにでも達してしまいそうだ。勇樹は舌にもピアスをつけているので、それが蕾に当たると転がされるような刺激で、涎《よだれ》が出てしまうほど気持ちが良いのだ。

「んぐっ……ふぐぐ……おいひい……です……燿子さんのオマンコ……甘酸《あまず》っぱくて……ふうううっ」

燿子の女陰から溢れる蜜を啜《すす》り、勇樹はペニスをいきり勃たせる。自分より倍も年上の女だが、燿子の女陰はまさに花びらのような色艶で、可憐《かれん》だった。匂いも味も、腐りかけの果実のようで、彼の性感を思いきり刺激した。勇樹は「早くここにチンポを突っ込みたい」と思いながら、舌をねじ込んで舐め回した。

「ああんっ！　ダメ……あぁっ……イク……イッてしまうわ……あああ——ん！」

燿子は可愛らしい悲鳴を上げ、達してしまった。花びらから蜜が溢れかえり、蕾がプップツと泡立つように痺れる。

「ふぐっ……燿子さん……んぐぐっ」

勇樹は熱心に蜜を啜り、達した後の秘肉をも舐めた。

「ああん……くすぐったい……ううんっ」

イッた後も燿子は、勇樹の顔の上で貪欲に腰を動かしているうちに、くすぐったいのを通り越して尿意を催した。燿子は淫靡に微笑み、勇樹の乳首についたピアスを引っ張りながら、言った。

「ねえ……おしっこしたくなっちゃった。勇樹君、飲んでくれるでしょ？　今夜は私に買われたんだものね。何でも言うことを聞いてくれなくては困るわ。……いい？　一滴もこぼさずに、私のおしっこを飲み干すのよ。もし飲み干せなかったら……乳首を引っ張って、千切《ちぎ》ってしまうわよ！」

燿子は凄味《すごみ》のある声を出し、勇樹の乳首ピアスを思いきり引っ張った。激痛が走り、勇樹が悲鳴を上げる。

「ぎゃああっ、痛――――い！　わ……分かりました！　の……飲みます！　た、助けて……うぐ、んぐぐぐっ」

勇樹の口に、燿子の尿が流れ込んでくる。彼は涙目で、黄金色の匂う液体をゴクゴクと飲み込んだ。

「ああん……気持ちいい……ホッとするわ」

燿子は排尿の快感で、恍惚《こうこつ》とする。自分の排泄《はいせつ》物を若い男の子に飲ませているというシチュエーションに、興奮するのだ。彼女は排尿しながら、花びらも濡らした。そして排尿が終わると、燿子は身をブルッと震わせた。

勇樹は彼女の言いつけどおり、一滴もこぼさずに尿を飲み干した。息を荒らげ、目は虚ろだったが、彼のペニスは怒張していた。

「ちゃんと飲んでくれたのね。いいコだわ……ありがとう」

燿子は勇樹の顔から下り、耳もとでそう囁いた。そして恍惚としている彼の額に、そっとキスをする。勇樹は唾をゴクリと飲み、なんとも幸せそうな顔をした。

その時、「にゃあ」という鳴き声がして、勇樹は我に返った。

「……今、猫の鳴き声が聞こえたけど」

燿子は目を妖しく光らせ、微笑んだ。

「私のペットの黒猫よ。連れてきていたの。うふふ、黒猫だから、絨毯もベッドも真っ黒のこの部屋に溶け込んでしまって、気づかなかったのね。……ティアラ、ティアラ！ こっちにおいで！」

御主人様に呼ばれ、〝ティアラ〟という名前の猫がやってくる。薄暗い部屋の真っ黒なベッドの上、目を凝《こ》らして見ないとよく分からないが、ブルーの瞳が光るので識別できた。

「にゃあん、にゃあーん」

ティアラは甘えた鳴き声を出し、燿子の膝《ひざ》の上に乗る。真っ白な燿子に抱かれると、黒猫とよく分かる。ティアラは神秘的なブルーの瞳で、勇樹を見つめた。黒猫の眼差しに、勇樹はなぜか尾てい骨の辺りが熱くなるのを感じた。

「よしよし。ティアラ、お前は本当に可愛いわね。お前のその瞳で見つめられると、どうにかなってしまいそうよ。感じちゃうの……不思議ね」

燿子は黒猫に頬ずりしながら、艶めかしい視線を勇樹の股間に絡みつかせる。そして彼女は舌なめずりすると、ティアラをベッドに置き、勇樹の下半身へと跨《また》がった。

「にゃああん」

ティアラの鳴き声が、燿子の欲情をますます煽るのだろう、彼女は狂おしげに悶え、ボンデージをはだけて乳房を露わにした。

「あああっ！　すげえ！」

燿子の乳房は、たわわに実った果実のようで、それを見た勇樹のペニスはいっそう猛った。成熟した女の色香に打たれ、勇樹は頭がクラクラしてくる。燿子は、さらに怒張したペニスに目を潤《うる》ませ、腰を下ろして咥《くわ》え込んでゆく。

「あああん……大きい……あぁっ……すごい！　勇樹君のオチンチン……逞しい……太くて、硬くて……あぁんっ、大きい……ああ――っ！」

燿子は騎乗位で彼のペニスを咥え込むと、腰を淫らに振り始めた。それに合わせて、豊かな白い乳房がユサユサと揺れる。その姿は壮観で、勇樹は激しく高ぶり、下から突き上げた。

「俺も……気持ちいいよ……ううう……燿子さんのオマンコ、すげえよく締まる……ああっ……キュッと吸いついて……蛸壺みたいだ……うううっ、はああっ！　すぐイッちゃいそう……」

両膝を立て、燿子は痴女のように淫らに腰を動かし、ベッドで飛び跳ねる。二人の動物じみた戯れを、黒猫は目を光らせてじっと見つめていた。

「にゃあん」

燿子はペニスを咥え込んだまま、ティアラのほうに目をやり、言った。

「もうティアラったら、そんな目で見ないでよ……ああん、感じちゃう……あああっ」

黒猫の眼差しに燿子はいっそう高ぶり、腰を勢い良く動かす。勇樹のペニスに埋め込まれたシリコンボールがGスポットに当たり、ゴリゴリと刺激されて、涎《よだれ》が出てしまいそうなほど気持ちが良い。

「燿子さん……もっと気持ち良くなりたいなら、クリバイブのスイッチを入れて。ペニスの根元に……ううう……ついてるから」

燿子のくびれた腰を摑み、勇樹がアドバイスする。陰茎の根元に手を伸ばし、燿子はクリトリスバイブのスイッチを入れた。その時、結合部にも手が触れ、逞しいペニスが自分の秘肉に突き刺さっている感触を確認し、燿子はますます興奮した。勇樹に埋め込まれたクリトリスバイブは音を立てて蠢き始めた。

「あっ……あっ……あああっ！　い……いつも使ってるバイブよりすごいわ！　ううううんっ！　頭まで痺れるぅ！　あああ――っ！」

秘肉をペニスに犯され、蕾をバイブで嬲られ、燿子は唇を涎で濡らして絶叫する。鎌倉に住む有閑マダムも、肉欲の前では単なる痴人なのであろうか。燿子はただひたすら快楽を貪り、勇樹に跨ったまま腰を激しく動かし続ける。

「ああっ……俺もイキそう……ああっ、すごい！　燿子さん……締まりすぎ……うわああっ、締めつける！」

感度が高まり、燿子の肉壺は蛸が吸いつくように引き締まって、勇樹のペニスに凄まじい快楽を与えた。勇樹の肥大したペニスで膣を犯されると、陰茎に埋め込まれたシリコンボールが彼女の肉襞を刺激する。

「んんっ……はあああっ……ダメ……ああっ……きゃああ――っ」

蕾をバイブで嬲られながら、Ｇスポットをペニスでこねくり回され、凄まじい快楽に襲われ、潮を飛び散らせた。

「イヤ……ああん……潮吹いちゃった……潮吹く時って、オマンコの中がブチッと千切れるみたいで……ううんっ……気持ちいい……うううっ」

秘肉が千切れる感触といっても、痛みなどはまったくなく、潮を吹く〝ひたすらの快感〟なのだ。潮を吹いた後の膣の中は、ねっとりまったり蕩けて、幾本ものミミズが絡みついてくるようだ。そのような肉壺にペニスを咥え込まれ、勇樹もこらえきれずにザーメンを飛び散らせた。

「くうううっ……はあぁっ……燿子さ……ん……ぐううっ」

勇樹もペニスが爆発したかのような衝撃があり、大量に射精した。そのペニスの痙攣は、燿子の身体を突き動かしてしまうほどだった。

「ううん……あぁん……ミルクが広がってく……気持ちいい……」

肉壺に大量の白濁液を受けながら、燿子は恍惚としてエクスタシーを噛み締める。彼が射精した後も燿子はペニスを抜き取らず、悩ましく腰を動かし続けた。

そしてそんな二人の姿を、黒猫は青い眼を光らせ、じっと見ていた。

快楽を貪る燿子は、勇樹の縮んだペニスを口に咥え、舌を蠢かして、すぐにまた膨らませた。彼の若いペニスは、マダムの淫靡な舌遣いで、たちまち勢いを取り戻した。燿子は勇樹の手足の拘束を外してやった。そして彼女はベッドに仰向けになり、大股を開いて妖しく笑った。

「ねえ、私ガンガン突かれるのも好きなのよ。……私に買われたんだから、言うことはちゃんと聞きなさい。正常位で、私を犯して。子宮の奥深くまで、貫いて！」

勇樹は素直に頷く。そして勇樹が今度は上になり、燿子を激しく抱き締め、彼女の乳房に頬ずりした。クロコダイルのボンデージから溢れた乳房が、たまらなく魅惑的だったからだ。

「ああ……柔らかい……甘くて良い匂い……プルンプルンして、大きなババロアみたいだ……たまんねえよ……うううっ」

勇樹は燿子の乳房に顔を埋め、揉みしだく。柔らかで大きな乳房の感触に、勇樹のペニスは巨大化した。燿子は彼の頭を撫でながら、囁いた。

「うふふ……可愛いわね。私のオッパイ、そんなに気持ちいい？ でも悪いコね。『揉んでいいわ』なんて、一言も言ってないじゃない。……ああっ、ダメ……乳首まで吸ったりして……ううんっ」

勇樹は燿子の桜色の乳首を咥え、吸い上げる。長く突起した乳首に、彼の情欲はますます煽られた。燿子の乳房に戯れながら、勇樹はペニスを挿《い》れたくなった。

「燿子さん……挿れてやるよ……ほら……ぶち込んでやる……」

勇樹は甘い声で囁き、彼女の股の間に腰を割り入れる。そして彼女の腰を掴み、猛るペニスを女陰へと押し当て、ズブズブと突き刺していった。

「あああん……大きい……あああ——っ」

逞しいペニスの圧迫感に、燿子は身を震わせて悶える。勇樹はクリトリスバイブのスイッチも入れ、自慢のペニスで燿子の秘肉をえぐった。

「ほらほら！　これが欲しかったんだろ？　上品な顔して、スケベな奥様だ！　……くぅううっ」

正常位で責める立場だと、マゾ奴隷の勇樹にもSッ気が湧いてくるのだった。ボンデージを着た女を犯すというシチュエーションも、彼に激しい快楽を与えた。股の穴から覗く女陰に、ペニスが突き刺さっているという光景も、視覚的に興奮を煽った。

「ああっ……すごい……素敵……あああんっ」

燿子は勇樹の腰に足を絡ませ、唇に涎を浮かべて、自らも貪欲に腰を振る。

「ほら……雌犬！　どうだ！　俺のペニスは最高だろ！　ほら、ほら！　……ううっ」

荒々しい言葉を投げつけながら、勇樹も激しく腰を打ちつけていた。彼もたまらなく高ぶっていたのだ。

その時、背中に痛みが走り、勇樹は思わず叫んだ。

「いてえええっ！」

黒猫のティアラが引っ掻いたのだ。黒猫は勇樹の背中の上で爪を光らせ、「にゃあん」と悩ましく鳴いた。

「あら……ティアラったら……お前の碧眼《へきがん》で見られると、もっと感じちゃう……ああん……勇樹君のオチンチンも……もっと大きくなったわ……やっぱり貴男、〝痛み〟に感じるようね……うふふ」

燿子が黒猫に目配せすると、ティアラは再び「にゃあああん」と鳴いて、尖った爪で勇樹の背中をまた引っ掻いた。

「いてっ！　いてえよお！」

勇樹は顔を顰めながらも、ペニスを肥大させる。彼の背中にはうっすらと血が滲んでいた。燿子は彼に足を絡ませたまま、強い口調で言った。

「ほら！　腰を動かすのをやめないで！　そのギンギンに膨れ上がったオチンチンで、もっと突きなさい！　言うこと聞かないと、また猫に引っ掻かせるわよ！」

燿子のエメラルドグリーンの瞳を見ていると、吸い込まれそうになり、魔法に掛かった如く言いなりになってしまう。勇樹は燿子の魔女のような瞳を見つめながら、言われたとおり、腰を激しく動かした。

「ああぁっ……いてえっ……くううっ……ああっ、気持ちいい……」

背中にへばりついた黒猫が、時折、勇樹に爪を立てる。すると〝痛み〟に感じる勇樹のペニスが肥大し、それによって燿子も感じて膣が引き締まるので、彼の陰茎は二重に快感を得ることができるのだ。

腰を動かしているうちにたまらなくなり、勇樹は叫んだ。

「あっ……イキそう！　あああっ……イク！　うううっ」

シリコンボールを埋め込んだペニスが最大限に膨れ上がった、その時。

ドアが勢い良くバタンと開き、何者かが入ってきた。肥大したペニスを咥え込んでエクスタシーを彷徨《さまよ》いながら、燿子が叫んだ。

「ああん、ボブ！　待っていたわ！　早く、早くきて！」

驚いて勇樹が振り返ると、プロレスラーのような体躯の黒人が全裸で立っていた。

「うわあ……た……助けて！　ぎゃあああっ！」

逃げる間もなく、勇樹は黒人に押さえ込まれた。ベッドの上、燿子と黒人に挟まれ、サンドウィッチ状態となる。

ボブと呼ばれる黒人は勇樹を押さえつけると、「Hey, You! Fuck You!」と叫びながら、アナルにいきなり巨大な黒いペニスをぶち込んだ。

「ぎゃあああっ！　いてえええええっ！」

肛門が壊れそうな激痛に、勇樹が白目を剝いて絶叫する。マゾ奴隷として教育されている勇樹は、アナルにバイブを入れた経験などもある。しかし、こんな巨大なもの、それも本物のペニスを入れられたことなどは初めてで、痛みと衝撃で失神してしまいそうだった。黒人の胸毛が、背中にジャリジャリと擦れる。

「うわあっ！　ぎゃあああっ！　た……助けて……ひいいいっ！」

ボブは「ウホッ、ウホッ」とゴリラのような声を出し、巨大なペニスを、勇樹のアナルの奥まで埋め込んだ。

「ぎゃあああああああっ！」

勇樹は悲鳴を上げ、目をカッと見開く。全身が震えて総毛立ち、汗が噴き出す。アナルに鉄火棒を突っ込まれたような感覚で、身体が裂けてしまいそうだ。

「ああんっ……勇樹君……また大きくなった……私の中で、ビクンビクンって膨れ上がるの……やっぱり痛いと感じるのね……可愛いわ……うふふ」

燿子は淫蕩な笑みを浮かべ、汗を滴らせる勇樹の額にキスをする。ペニスを燿子のヴァギナで喰われ、アナルを黒人の陰茎で犯され、二人に挟まれた状態で勇樹は苦悶に打ち震える。しかしそれは、今まで経験したこともないような官能の渦でもあった。

「にゃあん」

サンドウィッチ状態の三人を眺めながら、黒猫のティアラが嬉しそうに鳴く。そして足取り軽く近寄ってくると、勇樹の腕を引っ掻いた。

「いてええっ！　いてえよお！　うううううっ」

鎌倉マダムと黒人と黒猫に痛めつけられ、勇樹は呻き声か泣き声か分からぬような声を出す。そんな彼を、二人と一匹は嘲るように笑った。

「Ton anus est très bien! très confortable comme une chatte. Oh, fuck you!（お前のアナルはとってもイイぜ！〝にゃんにゃんマンコ〟みたいにメチャ気持ちイイ。ファック・ユー！）」

フランス語と英語を混ぜて、ボブが叫ぶ。耀子が甘い声で言った。

「ボブはこう見えて、ソルボンヌ（パリ大学）の法学部を出ているのよ。野獣系インテリなの。素敵でしょ。Hey, Bob. Vas-y!（ボブ、やっちゃって！）」

ボブのエキサイトが伝染して耀子も興奮するのだろう、腰を激しく揺さぶる。涙目になっている勇樹の耳に息を吹き掛け、ボブが囁いた。

「Je t'aime.（愛してるぜ）」

そして長い舌で、勇樹の頬をペロリと舐めた。勇樹は目を見開き、唇を震わせる。

「Fuck, You! I'm in a Fever!（ファック・ユー！　燃えるぜ！）」

ボブは片手で勇樹の腰を摑み、もう一方の手でバナナを摑んでムシャムシャ食べながら、そう叫んでアナルを犯す。

「ぎゃああっ！　ひえええええっ！」

その衝撃たるや凄まじく、勇樹は次第に頭の中が真っ白になってゆく。

「ほら、貴男も腰を動かすの忘れちゃダメでしょ！　アナルを犯されながら、ペニスも使わなくちゃ！　いい？　貴男は私に二百二十万で買われたのよ。買われたってことは、どんな目に遭っても仕方がないってことなの。……ほら、甘えるんじゃないわ！　気をしっかり持って、私のオマンコも満足させなさい！」

燿子はそう言って、気を失い掛けた勇樹の頰をビンタする。ハッと意識を取り戻した勇樹の顔に、今度は何かグチャグチャなものが押しつけられた。

「んぐ……んぐぐっ」

黒人が、彼の顔にバナナを塗り潰し、口の中にも押し込んだのだ。黒人は「ウホ、ウホ！」と勇樹のアナルを陵辱し、バナナを勇樹にグチャグチャと擦りつけてゆく。痛みと息苦しさに、勇樹は涙と鼻水を垂らして悶絶する。こんな饗宴を、黒猫は碧眼を光らせ、「にゃあ、にゃあ」とはしゃぎながら、楽しそうに見ていた。

「『痛い』なんて言いながら、勇樹君のオチンチン、すっごく大きくなってる……ああん……勇樹君、嫌がりながらも、こんな遊びがクセになってしまうかもね……うふふ」

朦朧とする意識の中、燿子の言葉が、勇樹の心に妙に引っ掛かった。心で激しく拒否しながらも、このサンドウィッチ状態にペニスは火がついたように猛り狂っているからだ。

燿子の嬌声、勇樹の悲鳴、黒人の馬鹿笑い、そして黒猫の妖しい鳴き声の四重奏が、豪奢な部屋に終わることなく響き続ける。

☆

ビデオは、再びここで途切れた。達郎は冬花が心配なのだろう、彼女をそっと窺い見る。冬花は血の気のない顔をしていた。

この気まずい静寂を打ち破るかのように、夏美が足を組み替え言った。

「でも、あのオークションって愉しそうね。私も一度やってみたいわ」

冬花は姉をキッと睨み、声を震わせた。

「お姉さま、はしたない！」

達郎も冬花の肩を持ち、夏美に意見する。

「妹さんの言うとおりだよ。男の立場から言わせてもらうと、奴隷オークションなんかに精出す女なんて、いくら美人でもうんざりだけれどね」

　二人に責められ、夏美は気分を害したように頬を膨らませた。

「なによ、もっともらしいこと仰って。ちょっと冗談で言ったんじゃない。……あ、ほら、ビデオがまた始まるわよ。舞台が再び変わっているわ。『マダムたちの奴隷オークションョン』の前の、『生け贄ゲーム』の続きのようね」

『謝肉祭〈Vol・3〉生け贄《にえ》・修道女』

ホテルのスイートルーム、ルイ十六世風の華美なロココ調の部屋で、大きな十字架に、女が逆さ吊《づ》りにされて磔《はりつけ》にされている。その女は、〝生け贄ゲーム〟で〝今宵の生け贄〟に決まった、シスター椿だった。

薄暗い部屋の中、磔にされたシスター椿に、赤いライトが当たっている。逆さ吊りにされた彼女は苦悶の表情で、目を宙に泳がせていた。シスター椿はベールだけ被ったまま全裸で、首だけでなく足や手にもたくさんの十字架が下げられている。

逆さまに磔にされているので、ベールが垂れ、顔に十字架が掛かっている。小麦色の肌にビキニの跡がついているので、遠目からだと白いブラジャーとパンティを身に着けているようにも見えた。

シスター椿はダンスで磨いた身体をさらけ出し、十字架に架かっていた。激しい恐怖と、逆さまに吊られているため、目が血走っている。

彼女の顔がアップになると、震えているのがよく分かった。口を半開きにし、これから起こる〝儀式〟への怯えで、朦朧としているようだった。

「皆様、ではこれから、今夜のメインイベント、〝生け贄ショー〟を始めます！　今宵の生け贄、シスター椿の艶やかな痴態を、どうぞ心ゆくまでお楽しみくださいませ」

麗子が生け贄ショーの始まりを告げると、皆が拍手喝采《かっさい》する。パーティーに参加している人たちが、一堂に集まっていた。麗子、勝彦、ＶＩＰの男たち六人、シスターの役割をさせられたＭ女たち三人、そしてマリアだ。

皆、酒を手に談笑しながら、磔にされた椿を眺めている。男たちは視姦するように、女たちは好奇の目で。この妖しいムードに誰もが酔い、下半身を火照らせていた。

皆が集まっているのは、先ほどの〝フェラチオ・ゲーム〟をしていた部屋とはまた別室のようだった。ロココ調の部屋のデザインなどは同じだが、もう少し狭く、しかしテーブルや椅子などにはもっと高級感があった。広い窓があるようだったが、カーテンがしっかり閉められていた。ＢＧＭで流れるバッハの神聖なオルガン曲が、生け贄ショーのムードをいっそう高める。『ファンタジーとフーガ、ト短調』だ。

「ふふふ……シスター椿、緊張しているみたいですわ。顔は真っ青で、目はウサギのように真っ赤。こんなに顔を引き攣《つ》らせて……美しいお顔が台無しよ」

麗子は甘い声で囁きながら屈《かが》み、椿の青ざめた頬を撫でた。そして妖しい笑みを浮かべたまま、椿の顔へとペッと唾を吐き掛けた。屈辱で椿の顔が歪むのを見て、観客たちは大いに喜ぶ。マリアも手を叩き、「キャッ、キャッ」とはしゃいで見ていた。

ＢＧＭのオルガン曲がダイナミックに盛り上がった時、シスター椿は我に返ったように叫んだ。十字架に架けられた身体を震わせ、必死でもがき、声を振り絞って絶叫した。手足に下げられた十字架がガチャガチャと音を立てる。

「いやあああっ！　た……助けて！　狂ってる！　みんな、狂ってるわ！　じ……地獄に落ちるわよ、貴方たち！　助けて！　きゃあああああっ！」

血走った目を見開き、椿は恐怖に震えている。麗子はニコリと微笑み、優しい声で言った。

「地獄に落ちる？　死んだ後のことなんて、どうでもいいの、私たち。生きている今が、狂おしいほどに楽しければ。それに……」

麗子は椿の鼻を指で摘み、爪を食い込ませて、思いきり捻《ひね》り潰した。激痛で顔を歪ませた彼女を見下ろし、麗子は滑らかな口調で続けた。

「行ってみたら、案外、天国より地獄のほうが愉しいかもしれないじゃない。……ねえ、皆様、そうですわよね？」

麗子は悪の華を抱いたように、凄まじいまでに美しい。そんな麗子に問い掛けられ、誰もが拍手喝采で賛同する。

「そのとおり。地獄よりも天国のほうが良いところだなんて、どうして分かるんだ。誰の確実な証言もないのに」

「そうそう、結局、今が楽しければいいんだ！　ほらシスター椿、我々を愉しませてくれよ！」

「麗子様の仰るとおりだ。麗子様が人間なら、椿、お前は家畜以下なんだ！　あんまり生意気な口をきくと、天才女医の麗子様に家畜に改造されるぞ！」

罵声《ばせい》を浴びせられ、嘲笑され、椿は次第におかしくなってゆく。狂っているのが、ほかの人たちなのか、自分なのかさえも、分からなくなってゆくのだろう。麗子が指を離すと、椿の鼻は真っ赤になって微かに血が滲んでいた。目もますます充血している。

「ねえ、どなたか、シスター椿のアナルに、椿の花を生けてやってくださいません？　このコ、顔が歪んでしまって、不細工になってるんですもの。せめて椿の花をお尻に挿《さ》してあげれば、少しは華やかになると思うんですの。どなたか、生け花してくれません？」

麗子に甘い声でお願いされ、男たちが全員手を挙げる。

「まあ、皆様、やる気満々ね。さすがですわ。……じゃあ、またゲームで決めましょうか。シスター椿のこの艶姿を見ながらいっせいにペニスを扱いてもらって、一番初めに射精した方に生け花をしてもらいます。シスター椿の歪んだ顔に、たっぷり白濁液をぶっかけてあげてくださいな。うふふ……」

またも妖しいゲームを提案し、麗子は嬉しそうに舌なめずりする。ＶＩＰの男たちは「さすが麗子様だ」と笑いながら立ち上がり、椿を取り囲んでズボンを下ろし、いっせいにペニスを扱き始めた。

「ずいぶん酒を飲んだからなあ。出るかな」

などと言うものの、六人の男たちは皆ペニスをいきり勃たせている。男たちはシスター椿を舐め回すように見て、ニヤけながら手淫した。

「椿は剛毛だよね。陰毛が黒々としてる……ああ、イヤらしい」

「嫌がりながら、ホントは感じちゃってるんじゃないの？　乳首がビンビン勃ってるぞ！　しかしお前の乳首は猥褻なほどデカいなあ」

男たちは口々に卑猥なことを言い、ペニスをゴシゴシと扱く。皆、興奮しているのか、一分も経たないうちに勝負は決まった。政治家の大濱が大量の白濁液を放出し、椿の顎の辺りに飛び散らせた。

「ううううっ……」

椿は目を閉じたまま、屈辱に唇を嚙み締める。白濁液は垂れ落ち、顎から唇、頬、目にかけて流れてゆき、紺色のベールも汚した。鼻の穴に入らぬよう、椿は必死で顔を逸《そ》らしてよけたが、それでも少し流れ込んでしまった。ザーメンの生臭い匂いに、椿は吐き気を覚え、胃液が逆流しそうになるのを必死でこらえた。

ゲームはそこで終わりのはずだが、一度火がついた男たちの欲望は止まることなく、ザーメンまみれの椿を視姦しながら全員が射精するまで手淫した。

「あああっ……いやあああっ！　助けて！　きゃ――――っ！」

顔に身体に白濁液をぶちまけられ、椿は泣き叫ぶ。最後の力を振り絞って絶叫する椿の口に、麗子は林檎を押し込んだ。そして紐で縛って固定して、林檎を口枷の代わりにしてしまった。

「んっぐ……ふううんぐっ」

林檎で口を塞がれ、椿は目に涙を溜めて、もがく。麗子は「観念しなさい」というように笑った。

「貴女のお口が、あまりうるさいからよ。ね、いい加減、おとなしくしなさい。今夜の生け贄なんだから。殿方を愉しませて差し上げて、ザーメンもたっぷり抜いて差し上げなさい。それって、女冥利《みょうり》に尽きることでしょ？　こんな愉しい宴なんだから、生け贄の貴女も愉しまなくちゃ。そのほうが得よ」

ＢＧＭのフーガと相まって、麗子の言葉は呪文のように聞こえてくる。麗子の瞳でじっと見つめられて言い聞かされ、椿は徐々に身体の力が抜けグッタリとしてゆく。恐怖が最高潮にまで達すると、「もう、どうなってもいい」という諦めにも似た気持ちに変わってゆくのだろう。椿は悲鳴を上げることすらできず、「殺したいなら、どうぞ」という投げやりな気持ちが生まれてきていた。

ゲームで勝った大濱が、シスター椿のアナルに、真紅の椿の花を生ける。逆さ吊りで開脚させられているシスター椿の股の間、真っ赤な花が咲く。その姿は圧巻で、皆、喝采《かっさい》した。

「美しい！　色っぽいぞ、シスター椿！」

男たちに声を掛けられ、椿は虚ろな目でまばたきを繰り返す。さっき掛けられたザーメンが睫毛に付着し、白く固まっている。カメラを取り出し、椿のこの姿を夢中で撮影する男もいた。そしてＭ女たちも、椿の姿を見ながら、密かに秘肉を疼かせていた。

宴は加熱してゆき、誰もの心の中に「もっと淫らなことをしたい」という欲望が渦巻いていた。エロスと酒の相乗効果が、この倒錯者たちの欲望を果てしなく肥大させるのだった。

「皆様、お楽しみいただけておりますようで、私も嬉しく思っております。……そろそろ、この宴もクライマックスを迎える頃でしょうか」

麗子の妖しい微笑みに、皆、ゴクリと生唾を呑む。麗子は笑みを浮かべたまま、放心状態のシスター椿に、声を掛けた。

「ねえ、今、貴女、林檎《りんご》を銜えているでしょう？　林檎ってもともと〝禁断の実〟ってこと、知ってるわよね？」

椿は虚ろな目で麗子をただ見るだけで、何を言われても、もはや無反応だ。麗子は続けた。

「アダムとイブぐらいは知ってるでしょ？　神が創った、最初の男と女。その彼らは、あるものにそそのかされて、禁断の実である林檎を食べてしまって、突然自分たちが裸ということに気づくの。そしてイチジクの葉で腰を覆うようになるわけ。つまり羞恥《しゅうち》というものや、性差というものを知ってしまったわけね。男と女というものを、意識するようになってしまった。そして、そこから人間の堕落が始まったと言われるわ。知らなくてもいいことを、知ってしまったがためにね。……ねえ、それで、アダムとイブに林檎を食べるようにそそのかしたのって、誰か知ってる？」

麗子の話が聞こえているのか聞こえていないのか、椿は目を宙に泳がせ無反応だ。執拗《しつよう》な責めで、神経がやられてしまったのだろうか。

しかし、この宴に集う人々は情け容赦ない。勝彦が、くす玉のようなものを運んできた。そして、椿が磔にされた十字架の真上でちょうど割れるよう、設置した。開脚させられた椿の股の間に、くす玉が垂れ下がった。

勝彦は卑猥な笑みを浮かべながら、椿の股間に手を伸ばした。そして秘肉に指を突っ込んで軽く掻き回し、指を抜き取ると、今度はウズラの卵を一つ押し込んだ。磔にされた女がウズラの卵を秘肉に呑み込む様はなんとも淫靡で、男たちはペニスを熱く疼かせた。椿はアナルに花を、秘肉にウズラの卵を咥え込んだ。

麗子は、朦朧《もうろう》としている椿の頰を優しく撫で、目を光らせて、言った。

「蛇よ。蛇がイブに林檎を食べろとそそのかして、それから人間は堕落していったのよ。面白いわよねえ。……おほほほ」

麗子がけたたましく高笑いをすると同時に、くす玉が割れた。

中から現れたのは、蛇だった。

白く大きな蛇が、舌をシュシュッと伸ばしながら、シスター椿の足を這い始めた。小麦色の足に絡みつき、蛇は身をくねらせて這ってゆく。

「きゃあああっ!」

蛇の恐怖に、M女たちも悲鳴を上げる。さすがに直視できず、M女たちは手で顔を覆い、目を逸らしてしまった。

男たちも蛇の迫力には驚いたようで、身をかわしたり、思わず立ち上がる者もいた。

　蛇は舌を伸ばしながら、くねくねとシスター椿の身体を這う。自分を見ている人々の恐怖に歪んだ顔を見て、今起きていることが尋常ではないと分かり、椿はいっそう恐ろしかった。その恐怖というのは、本当に気が振《ふ》れてしまいそうなほどで、椿は林檎を銜えながら呻いた。

「ううう っ！　ふうううううっ！　ふうっ、ふううっ！　ううううう――――っ！」

　最高潮の恐怖の中、椿は失禁してしまった。黄金色の尿が迸って垂れ落ち、椿の腹や乳房や顔を汚す。

　初めは目をそむけていたM女たちも、次第に恐る恐る〝シスターと蛇〟を見るようになる。誰もが恐ろしいと思いつつも、息を呑んで見ていた。

　蛇は椿の小麦色の足をチョロチョロと舐めながら進んでゆく。脹《ふく》ら脛《はぎ》、そして太腿……。蛇が内腿を這うのを感じると、椿は目を見開き、涙と鼻水と涎を垂れ流しながら、無我夢中で手足を動かした。

「ふんぐぐっ！　ぐううううう――――っ！」

　しかし手首も足首もしっかりと固定されてしまっているので、無駄な抵抗である。白蛇はしなやかに身をくねらし、椿の内腿を進んでゆく。そう、「股間」に向かって。

「すごい……」

男たちは喝采することも忘れ、ひたすら見入っている。夢中になるあまりに、手にした水割りのグラスを落としてしまう男もいた。

蛇が椿の股間に向かってゆくのを眺めながら、麗子はおかしくて仕方がないというように笑っている。麗子と勝彦は隣り合って座り、その光景を観賞しつつ、時折キスをしていた。

アナルに挿さった椿の花にも絡まりながら、蛇は進んでゆく。

「ぐうううっ！　うううっ！　んっぐぐ――――――っ！」

蛇が舌を伸ばしながら、シスター椿の女陰の中へと潜り込んでゆく。さっき秘肉に埋め込まれたウズラの卵が目的なのだろう。蛇は卵が大好物だから、匂いで嗅ぎ当てたに違いない。

秘肉を蛇に犯される衝撃で、椿は白目を向き、一瞬、気を失った。しかし麗子から顔にワインを掛けられ、また現実へと引き戻される。

「蛇が膣の中にニョロニョロと潜り込んでいるわ。シスター椿、お前は、もう人間じゃないわね」

麗子は笑みを絶やさず、目を輝かせている。恐怖と不気味さがマックスに達しているのだろう、椿の全身には鳥肌が立っている。

悪夢のような現実が、椿を崩壊させる。肉壺の中で蛇が蠢くという極限状況の中、椿の意識はもはや朦朧となっていた。しかし、なぜか乳首は痛いほどに伸び、突起していた。蛇に犯される修道女。この異形の美とエロスに、誰もが異様なる興奮を覚え、性感を痺れさせていた。

股の間、白蛇が秘肉に潜り込みながらも、入りきれずに尻尾をニョロニョロと出しているところが、また卑猥だ。

男たちは全員ペニスを怒張させ、M女たちも恐怖を通り越して秘肉を疼かせていた。興奮は絶頂だった。男たちは我先にと立ち上がり、シスター椿の口から林檎を外して、一人ずつペニスを押し込み始めた。

「もう、たまらないよ！　早くしゃぶり抜きしてくれ！　うううううっ……蛇をマンコに咥え込んでる女って……なんてイヤらしい……ぐううっ」

一番初めに、梢がペニスを咥えさせる。椿は朦朧としたまま、梢の生臭いペニスをしゃぶった。極度に高ぶっていた梢は少し舐められただけでアッという間に達し、椿の口の中に放出した。

ザーメンを飲み込めず、口からダラリと垂らした椿に、また次の男が咥えさせる。作家兼大学教授の櫻井《さくらい》だ。椿は朦朧《もうろう》としたまま、また櫻井のペニスを舐め回した。

乱交が始まる。嘉山はM女の菊をソファに押し倒し、猛り狂うペニスを突っ込んで犯す。高柳はM女の百合と蘭を四つん這いで並ばせ、交互に突っ込んで、それぞれの秘肉を味わい、〝貝比べ〟に励んだ。

蛇を咥え込む椿を指さして笑いながら、麗子と勝彦もソファの上で交わり始める。麗子は義弟のズボンのファスナーを下げ、猛るペニスを取り出し、それを秘肉で咥え込んで、腰を激しく振り始めた。そんな麗子と勝彦を、今度はマリアが指をさして「キャッ、キャッ」とあどけなく笑う。麗子は勝彦に跨って夢中で腰を動かしながら、フランス人形のような美少女のマリアに、妖しい笑みを送り続ける。

この狂宴の中、マリアは無邪気に微笑んでいる。マリアの華奢な肩を抱き、元警察庁長官の西川が、彼女にそっと耳打ちする。マリアはあどけない笑みを浮かべたまま、西川に肩を抱かれ、別の部屋へと一緒に入っていった。

☆

テープは、ここで終わっていた。三人は、やりきれない思いで、無言のままだった。達郎は煙草を銜えたまま頭を抱え、夏美は腕を組んで溜息をつき、冬花は両手で顔を覆っていた。最後のほうは見ていられなかったのだろう。達郎の前の灰皿には、吸い殻が山のように溜まっていた。

「ねえ……どうしても、理解できないことがあるの」

蒼白い顔で、冬花が掠れる声で言う。

「なに？」

新しい煙草に火を点けながら、達郎が訊く。冬花は、水を一口飲み、言った。

「あの、小さな女の子……マリアって呼ばれていた子は、何者なの？　だって、変じゃない。どう見てもあの子、小学生か中学生ぐらいでしょう？　なんで、あそこにいるの？まさか……あの子も麗子と勝彦の罠に掛けられて、金儲けの餌食になってるってことなの？　あんなに小さな子が？」

潔癖性の冬花は、恐ろしい考えに、唇を震わせている。彼女の問いに答えるべきか否か、達郎が沈黙する。すると夏美が淡々とした口調で、彼の代わりに答えた。

「あのマリアって子は、麗子と勝彦の〝実の娘〟なのよ。麗子が二十二歳の時に、あの娘を産んだそうよ」

フランス人形の秘密

夏美の言葉に、冬花は絶句してしまった。一瞬、意味が分からず、そして意味が把握できると、背筋がゾゾッとするような恐怖が込み上げる。無言のまま口を押さえる冬花に、達郎が言った。

「うん……そういうことなんだ。あまりにもショッキングなことだから、冬花さんには黙っていたかったんだけれどね。それでなくても潔癖性の貴女に、聞かせたくないことだからさ」

達郎は心配そうな表情で、冬花を見守っている。夏美が続けた。

「つまり、義姉と義弟との間に、近親関係でできた娘ってことよね、あのマリアって子は。十二歳で、本当は中学一年生だけれど、学校に行かせてもらってないのよ、あの子。普段は、病院の地下室の秘密部屋に閉じ込められているらしいわ。……まあ、親の言いなりになってるってことよね。冬花が察するように、麗子と勝彦は、実の娘のマリアに、客を取らせているわ。さすがに本番はさせていないけれど、それ以外の際どいことは色々やらせてるみたいね。あのとおりの美少女だから、セックスなしでも、マニアには高額で売れるんでしょう。五歳の時から、金儲けの道具にされてたみたいよ。……脅かして、政治家の有田浩介にすべて教えてもらったわ。ちなみに有田は、マリアが五歳の時からのお客とのことよ」

夏美の話を聞きながら、冬花は次第に耳を覆《おお》ってしまう。そして目に涙を浮かべ、声を搾《しぼ》り出すように言った。

「酷い……酷すぎるわ。あいつら人間じゃない。鬼畜だわ。どうして……どうして、そんな酷いこと……たかが、お金のために」

達郎は冬花の隣へゆき、彼女の肩をそっとさすった。

「ビデオを見る前に、ちゃんと冬花さんに教えておくべきことだったかもしれない。でも、事前にこのことを知ってしまったら、冬花さんのことだからビデオを見られなくなってしまうと思ったんだ。だから、今まで黙っていた。ごめん」

達郎の優しさで、冬花はどうにか気を保つことができた。夏美はワインを妹に差し出し、言った。

「これでも飲んで、落ち着きなさい。……まあ、世の中には色んな人がいるわよ。これほどインパクトがある義姉と義弟は、珍しいだろうけれど」

夏美は苦笑いして、チーズを頬張《ほおば》る。そんな彼女を怪訝《けげん》そうに見ながら、達郎が言った。

「あんなビデオ見た後、よく食えるな」

「うん。全然、平気」

チーズの次には、夏美は茶目っ気たっぷりにソーセージを咥えてみせた。

「ねえ……どうしても腑《ふ》に落ちないことがあるの」

ワインを飲んで気が少し落ち着いてくると、冬花がまた話し始めた。

「麗子はどうして、義弟の子供を産んだのかしら？　普通、近親間でできた子供なら、堕《お》ろすわよね？　二十二歳って言えば、その頃はまだ医大生だったんじゃないの？　医学の知識があるなら、堕ろせなくなるまで気づかないなんてこともないでしょうし……。どうして、その若さで、しかも義弟の子供を産んだのかしら。それとも、義弟の子供って気づかなかったのかしら。不思議だわ……」

冬花の疑問に、夏美はまた淡々《たんたん》と答えた。

「うん。有田に教えてもらったところによると、こういうことよ。あの二人は、麗子が高校生、勝彦が中学生の頃から、男女関係だったの。麗子が義弟である勝彦を、誘惑したのよ。父親と義母に、復讐するためにね」

「復讐？」

冬花が鸚鵡返《おうむがえ》しに言う。夏美は大きく息を吐き、続けた。

「麗子の実の母親である清子《きよこ》は、もともと病気がちな人だったの。それゆえ、セックスのほうがダメだったのね。だから麗子の父親である大徳寺敬造《けいぞう》は、外に女を作ったの。その浮気相手が病院の婦長、勝彦の母親の弓枝《ゆみえ》だった。敬造は弓枝に頼み、清子の面倒を看てもらっていたんだけれど、弓枝は清子をさんざん虐《いじ》めたみたい。まあ、弓枝にしてみれば、清子は恋敵《こいがたき》ですものね。御飯を与えるふりをして食べさせないとか、寒い日に窓を開けっぱなしにするとか、日常茶飯事《にちじょうさはんじ》だったそうよ。……そして、思春期の麗子はそのことを知っていたの。病気がちの自分の母親が、父親の愛人に意地悪されているということを」

冬花は大きな目を見開き、姉の話を聞いていた。

「見かねた麗子は、ある日、父親に訴えたそうよ。弓枝が清子を虐めている、って。でも敬造は愛人だった弓枝を信じきっていて、『そんなことあるワケがない。ふざけるな』と、取り合わなかったんですって。病気がちなうえに、弓枝の執拗《しつよう》な嫌がらせが利いたんでしょうね、清子は段々と悪化して、ついに亡《な》くなってしまったの。つまり、麗子の母親は、勝彦の母親に虐め殺されたようなものだった。麗子は弓枝を憎悪したでしょう。……それなのに、清子が死亡してすぐに、敬造と弓枝が結婚してしまったの」

「麗子は父親のことも信じられなくなっただろうな。思春期の頃だしね」

銜え煙草で達郎が言う。

「そうね。母親を虐め殺した女を後妻にしたのですもの。それに弓枝は勝彦を連れて後妻に納まると、今度は麗子を虐め始めたのよ。清子の血が流れている麗子が、疎《うと》ましかったんでしょうね。でも、そんなことをされたから、麗子も歪んでしまったと思うわ。父親も憎い、義母はさらに憎い。……そして麗子は、あることを思いついたの。義弟である勝彦を誘惑して、言いなりにして味方につけようと思ったのね。それは、弓枝に対する復讐でもあったでしょう。息子を奪い取ってやる、という気持ちだったと思うわ。麗子のことだから、義弟の勝彦が自分に惹《ひ》かれていることにも気づいていたでしょうし。……そうしてあの二人は、義姉と義弟の間柄《あいだがら》で、肉体関係になっていったのよ」

「麗子の、あの歪んだ非情な性格は、思春期のトラウマからきているのかもしれないな」

「ええ、私もそう思うわ。……麗子と勝彦は、二人とも義姉弟でセックスするのがたまらなく好きだったそうよ。親の目を盗んでは、家で獣《けだもの》のように交わっていたんだって。でも、そんな不自然なことをしていれば、いつかは必ずバレるわよね。ある日、二人はセックスしてるところを、父親に見つかってしまったそうよ。そして当然だけれど、烈火《れっか》のごとく怒られたみたい。『お前たちは、この大徳寺家に泥を塗るつもりか！　お前たちの関係が誰かに知れて、噂にでもなったら、私たちの病院はどうなる！　神戸ではトップクラスの美容外科と謳《うた》われているのに、お前たちの噂が流れでもしてスキャンダルになったら、お客がこなくなったら、どうしてくれるんだ！　病院が潰れでもしたら、どうするんだ！　お前たちは義理の関係といっても、姉と弟なんだからな。義姉と義弟の間でセックスしているなんてダーティーな噂が流れたら、たいへんなことになるぞ。ダーティーだからこそ、噂が流れたら、それこそアッという間に広まってしまう。……お前たち、俺の病院の営業妨害をしたいのか！　この馬鹿者！』。そんな風になじられて、二人とも思いきり殴られたんですって。……でも皮肉なことに、その時に父親が必死の思いで忠告したことが、麗子に歪んだ形でインプットされてしまったのね、きっと。『義姉弟の関係がスキャンダルになって、病院が潰れでもしたらどうするんだ』っていう忠告が。それを麗子は、逆手《さかて》に取ったってわけよ。そこらへんが、あの女の悪魔的なところなんだわ」

夏美は一気に喋《しゃべ》り、水割りを飲み干《ほ》した。冬花は真剣な顔つきで、姉の話の続きを待っていた。

「麗子たちの親は、義姉と義弟の不祥事を必死で隠そうと思ったでしょう。でも、二人は禁断のセックスを続けていたみたい。両親ともに働いていて家に不在のことが多く、いつも目を光らせているわけにはいかなかったから、お手伝いさんを三人に増やしたりしたそうよ。でも、別に家じゃなくても、ラブホテルや空き地なんかでも、セックスできる場所なんていくらでもあるものね。敬造と弓枝は、やはり麗子と勝彦の間を不審に思って、麗子を大阪の医大に行かせたのよ。独り暮らしをさせて、勝彦と引き離すためにね。でも、神戸と大阪なら、それほど遠くないものね。勝彦は親の目を盗んで、麗子によく会いに行ってたらしいわ。義姉の独り暮らしの部屋なら、思いきりセックスもできたでしょうし。その後、勝彦は神奈川の医大に進んだけれど、週末などはいつも義姉と会ってセックス三昧だったみたいね。……そして、麗子は妊娠した。計画通りにね」

「計画通り?」

冬花が聞き返す。夏美は溜息をつき、続けた。

「そう、麗子は勝彦の子供を産もうって、計画していたのよ。それも用意周到で、周りに気づかれないようにね。麗子は出産の前後、一年間休学しているのだけれど、それもお腹が大きくなった姿を同級生に知られないためだったみたい。休学の理由を、麗子は『摂《せっ》食《しょく》障害による体調不良』にしているわ。大学に必死に頼んで、親には休学を知られないようにしてもらって、密かに娘を産んだの。そしてその娘を連れて、勝彦と一緒に、親のところへ戻ったのね。……親を恐喝するために」

冬花は息も潜めて、大きな目をさらに見開いて、姉の話を聞き続ける。達郎は、冬花の手を、そっと握ってやっていた。

「麗子は娘を連れて家に戻り、両親に言ったのよ。『この子は、私と勝彦の娘です。義姉と義弟の間に産まれた子よ。疑うなら、DNA鑑定してもらっても構わないわ』って。そして、青ざめて絶句する敬造と弓枝に、追い打ちを掛けたのでしょう。『ねえ、この子のことがもし世間にバレたら、大スキャンダルになるわよね？〝神戸で大人気の美容外科・大徳寺クリニックの娘と息子が近親関係で、なんと子供まで産まれた！〟って。パパの病院の信用はガタ落ちで、ホントに潰れちゃうわね！　娘と息子が近親関係で、子供までいるなんて……不気味な病院って、すぐに噂が広まっちゃうわね！　あーっはっはっ！』って、高笑いでもしたんでしょう。敬造は恐ろしかったでしょうね、その時。自分の娘が、悪魔に見えたかもしれないわ」

「……いったい、何が目的で、麗子はわざわざそんなことまでして、両親を脅かしたの？」

押し殺した声で、冬花が訊ねる。夏美は今度はバーボンのストレートを飲みながら、答えた。

「あの銀座の一等地にある豪華な病院と、目黒の一等地にある一軒家の自宅よ。親を脅かして、麗子は病院と家、両方を建ててもらったの。医者っていったって、この御時世、本当に儲かるようになるには時間が掛かるでしょ。開業だってなかなかできなくて、病院に地道に勤務したりして、下積みの時期があるのよ。……きっと、麗子も勝彦も、地道に働くことがイヤだったんでしょうね。自分たちでお金を貯めて、開業するってことが、面倒だったのだと思うわ。両親が経営している神戸の病院を手伝えばいいと思うけれど、自分たちの城が欲しかったんでしょうね。そりゃ確かに、親の下で働くより、自分たちで経営したほうが好き勝手できるもんね」

「それに麗子は弓枝がいる病院では働きたくなかっただろうしな。顔も見たくないだろう」

「確かに、そうよね。それで手っ取り早く自分たちの豪華な病院と家が欲しくて、両親を脅かしたってワケ。麗子の敬造に対する復讐にもなったでしょうしね。あの病院と家、かなりお金掛かってるし、敬造もずいぶん無理したみたいよ。建ててもらったら猫なで声で、『私たち、二人で仲良くやっていきます。娘のことも決して誰にも言わずに、しっかり育てます。パパたちの病院に負けないように、東京の有名クリニックにしますので、御心配なく』って言ったんだって！　まあ、たいしたタマよね。今じゃ神戸の本院より、麗子と勝彦の東京分院のほうが大繁盛ですもの。……欲しいもののためには、義弟の子供も産む、そしてそれをネタに両親をも脅すのが、大徳寺麗子ね。麗子が大学を卒業して研修期間が終わる頃には、すぐさま〃大徳寺クリニック・東京分院〃の院長の座に納まってしまった裏には、そのような秘密が隠されていたのよ。あのクリニックと家を建てるために親は借金までして、その返済でまだ苦しんでるのに、麗子も勝彦も全然お金を渡さないんですって。ホント、金の亡者よね。そこまでいくと、呆れるのを通り越して、感心しちゃう」

夏美の口ぶりは本当に感心しているようで、達郎は苦笑した。

「しかし、すごいよな。自分たちの欲望と金のために、両親も娘も利用するなんて。まあ、娘への愛情はもともと薄いんだろうな。親のことを恨んでいて、復讐のために産んだ子供だろうからね。それゆえ金儲けの道具と割り切れるのだろう。これが知れたら、それこそ大スキャンダルだ。マスコミの格好の餌食になる。ワイドショーも連日大賑わいだろう。あんな小さな子も巻き添えになっていたと分かったら、いくらなんでも警察も放ってはおかないさ。このビデオテープに、マリアと政治家の密会写真と盗聴テープ、これだけの証拠があれば、いくらなんでも揉み消すなんてことはできないよ。マスコミにどんどん流して、万が一相手にされなかったらインターネットを使って暴露してやる！　よし、証拠が揃ってきた。後は……」

「脱税の裏帳簿ね。それがあれば完璧。あいつらを、とことん落とし込めるわ」

達郎の後、夏美が続ける。

「まあ、インパクトある証拠品が集まってきたから、ここらへんが気を引き締める時よね」

「そうだな、よく計画立てて、焦らず、慎重にいこう」

達郎はそう言って、励ますように冬花に微笑みかけた。冬花はうつむいてずっと黙っていたが、不意に顔を上げ、言った。

「マリアちゃんは、地下に閉じ込められているんでしょう？　学校にも通わせてもらえず……可哀相《かわいそう》に。ねえ、地下にはどうやって潜り込むか、有田浩介は教えてくれなかったの？」

夏美は腕を組み、顎をちょっと突き出して答えた。

「駐車場よ。あの病院は、少し離れたところにＶＩＰ専用の駐車場があるの。その駐車場に秘密の入り口があって、そこから病院の地下に直結しているのだけれど、秘密のパスワードを知らないと入り口が開かないようになっているのよ。ＶＩＰ専用の秘密のパスワードを入力して、中に入り、迷路みたいな通路を抜けて、あのクリニックの地下室へと辿り着くってわけ」

冬花は水を一口飲み、訊いた。

「そのパスワードって、何なのかしら？」

夏美は妹をまっすぐに見つめ、答えた。

「〝VIRGIN—MARIA〟。『聖母マリア』よ」

冬花は目を見開き、そして唇を震わせた。大きな瞳に涙が滲んでくる。

「ふざけたヤツら……酷い……酷すぎるわ。冒瀆《ぼうとく》して……。罰が当たればいいんだわ……あんな鬼畜ども」

声を搾り出す冬花の肩を、達郎がそっと抱く。彼は冬花に優しく言った。

「ショッキングな映像を見て、疲れただろ？　もう今夜は休んだほうがいい。ぐっすり眠れば、気分も少しは晴れるさ。ね？」

「そうね、そのほうがいいわ。冬花、顔が青いもの。精神安定剤を飲んで、早く眠りなさい」

達郎と夏美はそう促し、冬花の身体を支えて立ち上がらせ、彼女の部屋へと連れていった。

薬を飲んで冬花が眠りにつくと、達郎は夏美に言った。

「今後の作戦は、また明日にでもゆっくり相談しよう。映像がすごすぎて、正直、俺も疲れたよ。帰って少し眠るわ」

「そうね、今日はお開きにしましょうか。……達郎さん、私の部屋に泊まっていっても構わないけれど」

夏美はクスリと笑う。夏美にじっと見つめられると、なんだか喰われてしまいそうな気がして、達郎はそそくさと春野家をあとにした。

☆

深夜二時。冬花は姉に気づかれぬよう、そっと家を抜け出した。マンションのエントランスを忍び足で通り過ぎ、外に出てタクシーを拾う。

「銀座の七丁目まで」

運転手に行き先を告げ、冬花は帽子を目深に被り直した。

曇っていて月が見えない夜だったが、心が張り詰めている冬花は、夜空などに気が回らなかった。

大徳寺クリニックの近くで下車すると、冬花は秘密の駐車場を探し当てた。ＶＩＰには夜中に訪れる人も多いからだろう、冬花の予想通り、この時刻でも駐車場は開いていた。

ぼんやりとオレンジ色のライトが灯る駐車場に、冬花はそっと潜り込んでいった。

黒い帽子に黒いコートの姿で、冬花は足音を立てずに駐車場の中を歩き回り、秘密の入り口を見つけた。ボタンがついていて、パスワードを入力するようになっている。

冬花は震える指で、夏美から教えてもらったパスワード「VIRGIN―MARIA」を打ち込んだ。心臓が高鳴り、額《ひたい》に汗が滲む。

扉が開いた。狭い通路がまっすぐに伸びている。冬花は大きく深呼吸すると、通路を進んでいった。

冬花の思いはただ一つ、虐待されているマリアを一刻も早く救い出してあげたかったのだ。冬花は何かに急《せ》かされるかのように、独りで強行手段に出た。激しい思いに突き動かされ、夜が明けるまで待っていられなかった。冬花は思い詰めた表情で、一心に迷路のように長い通路を進んでゆく。

誰かに見つかるのではという恐怖より、マリアを救い出したいという情熱のほうがはるかに強かったのだ。

迷路のような通路をどうにか抜けると、再びドアがあった。そのドアはパスワードなしでも開くことができ、冬花は忍び足で中へと入った。病院特有の消毒液の匂いが微かに漂ってくる。クリニックの地下室への潜入は成功したようだ。冬花は息を呑み、薄暗い廊下を歩き始めた。スニーカーを履《は》いているので、足音は立たなかった。

心臓の鼓動は静まり、逆に肝が据わったようだ。この緊迫する状況の中、冬花の頭は冴えていた。地下室には思ったより部屋があった。誰もいないのだろうか、暗く、物音も聞こえてこない。しかし、一つだけ、明かりが微かに漏れている部屋があった。

マリアの部屋に違いないと冬花は勘を働かせ、忍び寄った。

部屋には鍵が掛けられておらず、ほんの少し開いたドアの隙間から、少女の笑い声が微かに聞こえてくる。そのあどけない声を聞いたとたん冬花の胸はカッと熱くなり、思わずドアを開けてしまった。

城のように豪華な部屋に、お姫様のような美少女がいた。

レースとフリルで飾られた純白の部屋で、大きなフワフワのソファに少女は腰掛けていた。純白のドレスに、真っ白なミンクの毛皮を羽織り、長い髪に白いリボンをつけている。マリアは冬花に、無垢な笑みを投げ掛けた。神々しいまでの美少女に、冬花は金縛りに遭ったかのように身動きできず、見入ってしまった。

そして、その天使の如き美少女の足元には、巨大な肉塊が転がっていた。醜く肥満した白髪の老人が、マリアの足の指を夢中でしゃぶっていたのだ。

冬花は目の前の光景が初めよく理解できず、やがて悲鳴を上げそうになった。

しかし、その間もなかった。冬花は首筋をすごい力で殴られ、気を失い、その場に崩れ落ちてしまった。

失神した冬花を見て、白衣姿の勝彦はニヤリと笑った。彼女を後ろから思いきり殴ったのは、勝彦だった。マリアは父親を見ると「パパ……」と声を掛け、可愛らしく手を振った。老人に足を舐められながら。

囚《とら》われのアリス

朝の八時、達郎は携帯電話の着信音で起こされた。眠い目を擦《こす》り、電話に出る。夏美からだった。

「あれ……ずいぶん早いね。夏美さんでもこんな時間に起きてることあるんだ」

寝惚《ねぼ》けながら、呑気《のんき》に言う。しかし受話器の向こうから聞こえてきたのは、夏美の緊迫した声だった。

「たいへんよ。……冬花がいないの」

「え?」

思わず聞き返す。

「さっきトイレに起きて、なんとなく冬花が心配だったから、あの子の部屋を覗いてみたのよ。……ほら、冬花、昨日の夜、様子がおかしかったから。そうしたら、いないの。もぬけの殻《から》。今日は病院の掃除はお休みの日だし、こんなに朝早くどこかに出掛けてるなんてこと、ないもの。もしかしてジョギングにでも行ったのかと思って携帯に電話してみたんだけれど、何度掛けても通じないのよ。電源が入っていないみたい」

「携帯が繋《つな》がらないって……。連絡が取れないってことか？」

「病院で掃除している時でも携帯電話は必ず繋《つな》がるようになっていたから、もう、心配で、心配で。クローゼットを見たら黒いコートやシャツがなくなっていたし、靴箱からスニーカーもなくなっていたから、どこかに出掛けたんだと思うのよ。あの子がスニーカーを履《は》いていくのは、ほとんど仕事の時よ。張り込みとか、潜入とか……。ああ、達郎さん、どうしよう。あの子、一人で無茶したんだわ。昨日の夜、あの子の部屋で、ずっと傍にいてあげればよかった……」

いつも気丈な夏美も、さすがに動揺している。話を聞いているうちに達郎もすっかり目が覚め、感情を露わにして言った。

「冬花さん……バカだな！　ちくしょう！　こんなことになるなら、俺だって、ついていてあげればよかったよ。そういや、地下室のパスワードを聞いてたしな。一人で乗り込むなんて、そんな危険なことをしないと思ったけれど……。ああ、悔しい！　どうしたらいいんだ」

ベッドから飛び起き、達郎は頭を抱え込む。冬花の身を案じれば案じるほど、嫌な考えが浮かんでくる。達郎は思わず泣きそうな声を出した。

「まさか……勝彦に捕まって……今頃……」

達郎の不安については、夏美はハッキリと答えた。

「それはないでしょ、大丈夫よ。もし彼に何かをされたとしても、犯されるということはないと思うわ。前にも言ったけれど、あいつのセックスの相手は義姉さんだけよ。あいつに近づいた時、酔った勢いでハッキリ言ったもの。『義理の姉さんじゃないと、セックスする気にはなれないんだ。イタズラする気にはなれても』って。コアな変態ゆえに、冬花の貞操は守られると思うわ。……ただ怖いのは、あのビデオみたいにパーティーやショーに出されでもした時……」

「もう、やめよう」

夏美の話を遮り、達郎は意を決したように言った。

「心配ばかりしていても、何にもならないさ。冬花さんが姿を消して、まだ時間はそれほど経っていないんだ。夜中に消えて、今は朝。今の時点でパーティーやショーに出されているなんてことは、ありえない。それに今日は水曜日。秘密パーティーなどはおそらく週末に開かれる可能性が高いと思う。……だから、俺たちも行動に移して、最悪の事態は防ぐようにしよう」

達郎がしっかりとしてきたので、夏美も励まされる。

「そうね、達郎さんの仰るとおりだわ。どうする？　すぐにでも地下室に潜り込む？　冬花は、そこに囚われているかもしれないわ」

達郎は少し考え、大きく息をつき、言った。

「地下室に潜り込んでも、冬花さんを助け出せるとも限らないし、冬花さんがそこにいるとも限らない。潜り込んだら、我々も捕まってしまう恐れもある。もしかしたら隠しカメラがあらゆるところに設置され、赤外線か何かも巡らされているかもしれない。それだけ設備された地下室っていうのは、何が仕掛けてあるか分からないから、下手に潜り込むのは危険だと思うよ」

達郎の考えにも一理あり、夏美も賛同した。

「病院の仕事がある昼間は、麗子も勝彦も、手荒な行動は起こさないと思うの。何かをするとしたら、夜でしょうね」

「そう。だから焦《あせ》らず、昼の間に冬花さんを助け出す計画をしっかり練ったほうがいい」

「強行手段ね」

受話器を持ち、夏美がニヤリと笑う。

「病院や地下室に潜り込むなどという、面倒なことはやめよう。一番手っ取り早いのは、冬花さんを捕まえた本人に、冬花さんの居場所を聞くことだ。麗子か勝彦に『冬花さんはどこにいる。返してもらおう』って直接言うのが一番だ」

☆

仕事が終わって家に帰り、勝彦はシャワーを浴びて一息ついた。姉から電話があって「ちょっと遅くなる」と言っていたから、独りでのんびりするのもよいだろう。

髪を乾《かわ》かし、ガウンを羽織《はお》り、酒の用意をして自分の部屋へと行く。親に無理して建ててもらった広い家だが、お手伝いは雇っていなかった。色々と秘密にしておきたいものを、他人に見られることを恐れたからだ。

「ああ、安らぐな。やっぱり自分の部屋は、一番落ち着く」

自室の大きな椅子に座り、勝彦は気持ち良さそうに伸びをする。チャイコフスキーのバレエ組曲を流して、彼は水割りをゆったりと啜《すす》った。そして、隣のベッドで静かに寝息を立てている女を見て、ニヤリと笑った。

ベッドの上には、『不思議の国のアリス』のような格好をさせられている女が眠っていた。ロリータっぽい青いドレスを着せられているのは、冬花だった。勝彦に囚われた冬花は薬で眠らされ、彼の部屋に閉じ込められていた。

勝彦は笑みを浮かべたまま、右手にメスを握った。そしてメスを冬花の頬に押し当て、そっと撫でる。しかし冬花は何の反応も示さず、目を瞑《つむ》ったままだ。勝彦は冬花に顔を近づけ、長い睫毛《まつげ》をそっと舐めた。

「ああ……綺麗な寝顔だ。美しい……実に美しい。この小さくて整った顔、そしてスリムでしなやかな身体。背が高く……なんと言っても、この麗しい足。スラリと長くて、でも骨張ってなくて、適度に肉がついている、極上の足。整形では決して手に入れることのできない、生まれ持った美脚。素晴らしい……。このまま剝製《はくせい》にして、この部屋にいつまでも飾っておきたいほどだ。……ふふふ」

勝彦はそう呟《つぶや》きながら、ミニドレスから伸びた冬花の足をゆっくりと撫で回す。初めはそっと、そして徐々に強く。冬花の足は光沢のあるストッキングに包まれていて、スベスベと触り心地が良いのだ。勝彦にいくら愛撫されても、冬花は静かに眠り続けている。

勝彦は鼻息を荒らげながら、右手に持ったメスで、ストッキングをそっと引っ掻き伝染させた。

「ああ……美しい足……色っぽい……ああ」

極度の脚フェチである彼は、冬花の足を眺めているだけでペニスがいきり勃ってしまうのだ。勝彦は欲情に任せ、冬花のストッキングをビリビリと破ってゆく。それでも彼女は眠ったままだ。

「たまらない……ああ……ううん……いい匂いだ」

破れたストッキングに包まれた足というのがまた妙に悩ましく、勝彦は撫で回しながら太腿に頬ずりする。冬花の足からは百合《ゆり》のように甘い香りが漂い、勝彦は恍惚とした。

「ううん……美味しい……ふううっ」

破れたストッキングから覗く生足に、勝彦は舌を這わせる。そして、時折ちょっと歯を立ててみる。甘く、柔らかく、まさに雌鶏《めんどり》の肉のような感触に、勝彦のペニスはますます猛る。彼は冬花の足を唾《つば》まみれにして、たっぷりと味わった。

冬花にイタズラをしながら、勝彦はカメラを手に、彼女の見事な美脚を夢中で撮影した。ミニドレスを少し捲って、パンティも写るようにする。

「ああ……このチラリズムがいいんだよね。興奮する……。破れたストッキングから覗く、生肌。捲れたスカートから覗くパンティ。ああ……素敵だ」

勝彦は冬花の下半身を舐めるように見つめ、ペニスを手で押さえてそっと擦る。興奮のあまり、ペニスの先から液が漏れていた。

「アリス、君は本当に魅力的だよ。……見てるだけで……ううっ……イッてしまいそうだ。……ほら、上もちょっとはだけてみようか」

勝彦は息を荒らげ、今度は冬花の胸元をメスで裂いてゆく。青いドレスは破られ、水色のブラジャーに包まれた、小ぶりだけど形の良い冬花の乳房が露わになった。

「う……ん」

その時、冬花が声を出したが、それも一瞬で、すぐにまた動かなくなった。

滑らかな胸元を見て、勝彦は生唾を飲み、唇を舐めた。冬花の悩ましい姿に、バレエ組曲の盛り上がりに合わせ、彼のペニスもガウンの下で勢い良く猛っていた。

☆

夏美と達郎は壁を乗り越え、大徳寺家の庭へと忍び込んだ。息を潜め、慎重に行動する。家の見取り図などは事前に調べておいたので、素速く動けた。

壁づたいに進み、二階のバルコニーの下までゆくと、まずは夏美が達郎に肩車してもらい、上がっていった。バルコニーの柵に引っ掛かるようにロープを投げ、ロープを摑んで、壁を蹴りながら身軽に上る。泥棒道具で窓をこじ開けようとしたが、その手間もなく、不用心にも鍵は掛かっていなかった。

猫のような身軽さで、夏美はスルリと大徳寺家の二階へと忍び込んだ。廊下は暗く、静かだが、微かに音楽が聞こえた。キャットスーツを着た夏美は全身が黒ずくめで、闇の中に溶け込んでいる。息を潜め、夏美はバルコニーからロープを垂らした。ロープの端は柵にきつく縛り、念のために夏美も摑む。そして今度は達郎が、垂らされたロープを摑み、壁を蹴って二階に上る。達郎も無事潜り込み、二人は「よし」というように微笑み合った。慣れぬことをしたせいか、晩秋というのに達郎の全身から汗が噴き出していた。

夜空にはラムネ色の月が輝いている。

二人は息を潜めて音を立てず、四つん這いで廊下を進む。勝彦の部屋のドアからは、明かりも音楽も少しだけ漏れている。冬花のことを思うと達郎は気が焦《あせ》ったが、冷静に行動しなければと自分に言い聞かせた。

住み慣れた自宅の中というのは、誰しも案外無防備になるものだ。勝彦も、部屋に鍵を掛けてはいなかった。夏美たちはドアをそっと少しだけ開け、覗き込んだ。

思ったとおり、冬花がベッドに寝かせられ、妖しいポーズを取らされていた。そして勝彦は、冬花のその姿を見ながら、ペニスを扱いていた。

乳房と美脚をさらけ出した冬花の姿によほど興奮しているのだろう、勝彦は夢中で自慰を続ける。まるでほかのことなど、目に入らないかのように。

達郎は「今だ」と思い、ドアを開けて、カメラを手に写真を続けざまに撮った。

「な……なんだ！」

驚いて勝彦が振り返る。暗闇にフラッシュが何度も光り、眩しさに彼は腕で目を覆った。

その隙に達郎は勝彦に飛び掛かり、怒りにまかせて数発ぶん殴り、床に押し倒すと馬乗りになって締め上げた。夏美も協力し、勝彦の手足をロープでグルグル巻きにして厳重に縛ってしまう。これでもう身動きできない。勝彦の猛り狂っていたペニスも、すっかり縮み上がってしまっている。

「貴様が彼女にイタズラしていたところ、写真に撮ってやったからな！　覚悟しとけよ、この変態野郎！　おい、脱税の裏帳簿はどこだ？　言え！　言わないと殺すぞ！　正直に言ったら、命は助けてやる！　言え！」

馬乗りになった勢いで、達郎が勝彦を締め上げる。悪徳の限りを尽くしてきた彼も、結局はお坊ちゃん育ちでひ弱なのだろうか。奔放《ほんぽう》に生きるフリーライターに怒りのままに暴力を振るわれ、怖じ気づいてしまったようだ。目を真っ赤にし、震え上がっている。

「言え！　裏帳簿はどこにあるかって訊いてんだよ！　正直に答えろ！」

「し……知らないな。裏帳簿なんて……。な……なんのことかな」

達郎の迫力に、勝彦は顔面蒼白でどもってしまう。夏美は床に落ちたメスを拾い、それを勝彦の喉元に押し当てながら、ドスの利いた声で言った。

「あら、まだシラを切り通す気？　大徳寺クリニック主催の変態パーティーのビデオ、ある会員の方からいただいたんだけれど。あれが世間に公表されたら、どんなことになるかしらね！　考えただけでもワクワクするわ！……ほら、これが私たちが持っている証拠。ビデオの静止画を写真に撮ったものよ。凄いことしてるわねえ。こんな小さな女の子も参加させていたなんて、大問題になるわよね、絶対」

変態医師を追い込むのが楽しいのだろう、夏美は目を輝かせ、喜々とした口調で言う。そして足でグリグリと勝彦の股間を踏み潰した。

「うわあ！　痛いっ！　いたあああ――い！」

二人の野蛮人にやり込められ、勝彦は涙を流す。夏美にパーティーの証拠写真を見せられ、勝彦は半ば観念してしまった。

義姉とともに長い間、秘密の快楽を貪り続けていたが、ついにこの時がきてしまった。危うい均衡《きんこう》で建っていた砂の城が、一瞬の強風でサラサラと崩れ落ちてゆく。勝彦は、どうせなら命だけでも助けてもらいたかっただろう。

夏美が彼の股間を踏み潰しながら、追い打ちを掛けた。

「ほら、裏帳簿のある場所を言いなさい。これだけ証拠があがってるんだから、あんまりシラを切ると、本当に殺すわよ。裏帳簿がある場所を教えてくれれば、このビデオテープを渡してあげてもいいわ。それと引き替えに、パーティーやマリアのことなんかは黙っていてあげる。……ね、だから教えなさいよ」

夏美の言葉に情状酌量の余地を感じたのだろう、勝彦はすがる思いで正直に答えた。達郎は彼に跨ったまま、締め上げ、睨みつけている。

「分かりました……言います。義姉の部屋です。……二つ隣の部屋です。隣は義姉のクローゼット代わりの部屋なので」

達郎と夏美は顔を見合わせ、微笑んだ。達郎はさらに締め上げ、言った。

「義姉さんの部屋のどこにあるか、一緒にきて教えてもらおうか。……ほら、いくぞ！」

手足を縛られて床に転がっている勝彦にロープを括り付け、達郎はそのまま彼を引きずっていった。夏美は部屋を出る前、ベッドに寝ている冬花にそっと声を掛けた。

「もう大丈夫だからね。すべて悪夢だったのよ。……冬花、もう少し眠っていてね」

そして夏美は、妹に毛布をそっと掛け、はだけた胸元や足を隠した。

裏帳簿は、麗子の部屋、押入れの中の金庫に隠されていた。

「暗証番号は？　ほら、ちゃんと言え！　言わないとぶっ殺すぞ！」

達郎が迫力満点の声で怒鳴りつける。仕事上、今までも揉め事が起きた時に相手を脅かして煙に巻いたこともあったので、こういう状況には慣れているのだ。そして夏美は、そんないかにも一匹狼のライターの達郎に、こんな非常事態でも、ちょっとトキめいているようだ。

「はい……127B711Pです」

引きずられ、引っ張り回され、勝彦が虫の息で言う。勝彦が言った番号を押してみると、金庫は本当に開いた。中には脱税の裏帳簿だけでなく、札束や宝石や預金通帳もあった。それを見て、夏美はニヤリと笑った。いかにも嬉しそうに。

「正直に教えてくださって、ありがとうございました。御礼申し上げますわ。うふ」

ロープでグルグル巻きにされ、床に引きずられた勝彦を見下ろしながら、夏美が丁寧な口調で言う。達郎が訊いた。

「で、その暗証番号は、何から取ってるんだ？　念のために訊いておくが。……義姉さんの誕生日かなんかからか？」

「ええ……あの……ううう」

その時、夏美が勝彦のみぞおちを思いきり蹴り上げ、簡単に失神させた。

「あれ、気絶させちゃったの？　暗唱番号、念のためにもう一度聞いて、メモっとこうと思ったのに」

　唇を尖らす達郎に、夏美はクスリと笑い、壁に貼ってあるブラッド・ピットのポスターを指さして言った。

「暗証番号は、簡単に覚えられるわよ。ブラッド・ピット、相変わらずいい男だけれど、彼が出演した映画って題名に数字がつくものが多いの。『セブン』でしょ、『12《トゥエルブ》モンキーズ』でしょ、『セブンイヤーズ・イン・チベット』とか『オーシャンズ11《イレブン》』とか。それらの数字を適当に組み合わせて、１２７Ｂ７１１Ｐ。ＢとＰは、ブラピのイニシャルよ」

「ああ、なるほど！　すごいな、夏美さん、冴えてるよ！　そうか、ブラッド・ピットの映画のタイトルから取ったのか」

　達郎が素直に感心する。褒められて夏美はちょっと得意そうに腕を組み、続けた。

「でもさあ、こんなに大きなブラピのポスター貼って、けっこうミーハーよね。やっぱり麗子センセって、イケメン好きなのね！　ああいうタイプの女って、根っからの好きモノで、特にイケメンに目がないのが多いのよ。私もイケメン好きだから、分かるわあ。まあ、麗子センセ、その性質のおかげでまんまと罠に掛かってくれて、お仕事しやすかったけれど。うふふ。……じゃあ、せっかくだから、このブラピのポスターも頂戴していこうかしらね」

夏美はポスターをさっさと剝《は》がし始める。すっかり〝盗みモード〟に入っている夏美を、達郎は頼もしく思いながら見ていた。

達郎は冬花を抱きかかえ、夏美は金庫丸ごとだけでなく毛皮や時計やバッグなどあらゆる金目のものを頂戴し、大徳寺家を去った。勝彦は意識が回復しても暫く動けぬよう、ロープで柱にグルグル巻きにしておいた。

☆

「冬花……冬花、起きなさい」

夏美の呼ぶ声が聞こえ、冬花はゆっくりと目を開けた。気づくと、冬花はベッドの上にいた。綺麗に片づけられた、自分の部屋。隣には姉と達郎が優しい笑みを浮かべて立っている。

頭に鈍い痛みを感じるが、意識は徐々にハッキリしてきて、冬花は思わず涙ぐんだ。

「大丈夫だよ。無事だったんだから。……ね」

冬花の肩をそっとさすり、達郎が穏やかな声で言う。勝彦を脅かしていた時とは別人のような口調に、夏美は少し笑いそうになった。

「そうよ、忘れなさい。……でも、もう無茶しちゃダメよ！　達郎さんと私が素速く助けにいったからよかったけれど、もう少し遅かったら、冬花、恐ろしい目に遭っていたかもしれないわ。今回は達郎さんが活躍してくれたから、冬花の貞操はバッチリ守られたけれどね。すごかったのよ、彼。冬花を助ける時の、あの形相《ぎょうそう》！　今とは全然違うの。ヤクザ顔負けの迫力だったわ。……ね、冬花、達郎さんにちゃんと御礼を言うのよ」

冬花は姉の話を聞きながら、目を潤ませ、そして達郎に思わずしがみついた。

「ううう……怖かった……怖かったの……うう――っ」

恐怖から解放され安堵し、心が緩んだのだろう、冬花は号泣した。達郎はベッドに腰掛け、冬花に胸を貸しながら、彼女の髪を優しく撫でる。そんな二人の邪魔はするまいと、夏美はそっと妹の部屋を出た。冬花が男の胸で泣いている姿を見て、夏美はなんだか嬉しかった。

「やれやれ。これで潔癖性が治ってくれるといいんだけれど」

独り呟き、微かな笑みを浮かべる。一仕事終えたのでワインでも飲もうとキッチンに行くと、携帯電話にメールが届いた。麗子に差し向けたイケメンからの報告メールだった。彼は夏美のボーイフレンドの一人だ。

いえい！　二回戦目終わって、今ちょっと休憩してるところだよーん。麗子センセイってタフだねー。夏美ちゃんがさっきくれたメールに、もう仕事完了って書いてあったから、こっちもそろそろ終わらせちゃっていいかな？　三回戦目が終わったら、こっちもお開きにしまーす！　夏美ちゃん愛してるう♪

翔太からのメールには、麗子がベッドの上でグッタリとしている写真が添えられていた。それを見て、夏美はにんまりと笑う。翔太は頭は弱いが、セックスとナンパは失敗したことがない、二十歳の超美青年だ。

夏美は大徳寺家に忍び込むため、麗子を罠に掛け、家に戻らせないようにし向けたのだ。つまりは翔太にナンパさせて、ホテルに連れ込んでもらったというわけである。

夏美に頼まれ、翔太はクリニックに行き、「整形希望者」ということで麗子のカウンセリングを受け、そこで美貌を武器にさりげなく彼女を誘惑したのだ。

「先生、美人ですねえ。憧れちゃいます。あの……もし俺でよかったら、今夜、仕事が終わったらお食事でもどうですか？　もちろん御馳走させてもらいます！　迷惑でなかったら、イケメンの友達もう一人、連れてきます。三人で、賑やかにやりませんか？」

と。翔太の美貌とセックスアピールで、麗子は簡単に誘惑に乗った。翔太のもう一人の友達の英明も、彼に負けず劣らずの美青年ゆえ、麗子はついムズムズしてしまったのだろう。ホテルで長々と淫らな宴を繰り広げているようだ。

「ホント、麗子って、好きモノよねー。しかし、変な女よね。あんなに悪魔的な面を持っているかと思えば、若いイケメンにすぐに引っ掛かるなんて。……まあ、快楽をひたすら貪る、性豪ってことなのかな」

呆れたように呟きながら、夏美はワインをグラスいっぱい飲み干した。冬花も取り戻せたし、裏帳簿も金品も手に入れたし、イケメンと好きモノ女に乾杯である。

淫《みだ》らな女医

その頃、ラブホテルの一室で、麗子は二人の男を一度に咥え込んで、乱れに乱れまくっていた。

「ほら、麗子センセ、もっと舐めて……ううん……そうだよ」

四つん這いになった麗子の口にペニスを押し込み、英明が命じる。麗子は苦しそうな顔をしながら、巨乳をゆさゆさと揺らし、彼の肉棒を奥深く咥えた。抜けるように白い身体をくねらせながら、唾液をたっぷり絡ませ、舐め回す。

「ふううんっ……んぐっ……」

英明は麗子の顎を摑んで、イラマチオさせる。女医の口を性器代わりに、ペニスを出し入れした。麗子のぽってりとした唇で男根が擦れ、快楽が込み上げる。

「しっかり舐めろよ！　おら、おら！」

英明は日焼けした肉体を誇示しながら、麗子を荒々しく扱う。普段は女王様である麗子も、若いイケメン二人の前では、雌犬になってしまっていた。激しい快楽で、身体がドロドロに蕩けてしまいそうだ。

イラマチオの興奮に悶える麗子の尻を摑み、今度は翔太がバックから秘肉を犯す。麗子は英明のペニスを咥えたまま、身を捩った。

「うううん……ふうううんっ」

ペニスが秘肉にズボッと入り、亀頭が奥深く入り込む感覚が、たまらなく気持ち良い。麗子は淫らに腰を振った。

「ほらほら、麗子センセ、淫乱だねえ！　お口とオマンコ、両方でチンチンを咥えちゃってる！　そんなに気持ちいいか、雌犬！　ほら！　ほら！」

翔太はSッ気たっぷりに、バックから激しく突き上げる。逞しいペニスで機関銃のように打ちまくられ、麗子は頭が真っ白になって失神してしまいそうだ。

「ふううんっ……うううんっ！」

麗子は四つん這いで乳を揺らし、物狂おしいほどに悶える。英明はそんな彼女の顔をグッと摑み、口にペニスを出し入れした。麗子の顎が痛くなるほどに、英明のペニスは怒張していた。

「ほら、飲めよ！　俺の白濁液！　たっぷり出してやるからな！　ああ……気持ちいい。

センセの口、まったりしてて最高……くぅぅうっ……ああっ……イク！」

麗子の顔を掴んで、英明が腰をガンガンと動かす。そんな光景を見ながら、翔太のペニスも絶頂を迎えていた。

「あっ……俺もイク！　センセ、締まり良すぎ……くぅぅう――っ！　イヤらしい色艶してんだよなあ、センセのマンコ。後ろからだと丸見え……ああっ、出る！　センセの中で、出る！　センセのビラビラの中に……あああぁっ！」

雄叫びを上げ、英明と翔太がイッたのは、ほぼ同時だった。麗子の口と女陰の中に、濃く生臭い白濁液が飛び散る。

「うううんんっ！　ううう――っ！」

その時、麗子も達した。巨大なペニスで秘肉をえぐられ、潮まで吹いてしまった。凄まじい快楽が波のように広がってゆく。

「ううん……くぅうん……きゃあぁあん」

麗子は白濁液を飲み込み、雌犬のような鳴き声を上げて、エクスタシーに身を震わせた。

麗子の淫靡さに打たれ、翔太も英明も四回戦目までもつれ込んだ。ベッドの上、仰向けになった英明に麗子が騎乗位で合体し、その麗子に覆い被さるように翔太が彼女のアナルを犯す。麗子を挟んだ、サンドウィッチ状態だ。

「あん、あん、あん、あん！　あああっ……あああんっ！」

いきり勃つペニスで秘肉とアナルを同時に犯され、脳天にまで響きそうな快楽に、麗子は涎を浮かべて腰を振る。秘肉とアナルのエクスタシーが融け合って、絶頂がずっと続いているみたいに、気持ちが良い。

女医の痴態に、翔太も英明も異様に高ぶり、二人は思わぬ暴挙に出た。Sッ気が激しく刺激され、麗子を痛めつけたいという欲望に駆り立てられたのだ。

「あああん……ああっ！　イヤ！　きゃあっ、痛いっ！」

麗子が思わず絶叫する。英明が秘肉にペニスを挿れたまま、彼女の乳房を鷲摑みにして荒々しく揉んだからだ。それは揉むというより「叩く」といったような愛撫で、麗子は痛みを感じてふと我に返った。乳房に入ったインプラント食塩水が気になったからだ。あまり荒々しく嬲られれば、破裂する恐れがある。

「ねえ、センセのオッパイ、これ偽物でしょ？　さっきから思ってたんだ、人工オッパイだなあ、って！　何入れれば、こんなに大きくなるの？　ほらほら、爆発させちゃおっかなあ！」

英明は笑いながら、麗子の乳房を叩くように揉みしだき、秘肉をペニスで搔き回す。

「イヤ！　イヤだってばあ！」

秘肉は気持ちいいが、乳房が心配で、麗子は涙声になる。乳房が破裂して、万が一の場合には死亡する場合もあるからだ。

「ほら、麗子センセ、お尻にもなんか入ってそうだなあ！　このでっかいお尻！　ボールが入ってそうだ！　麗子センセの細い身体にはどう見ても不釣り合いなんだよ、オッパイもお尻も。こんなにイヤらしい身体に改造してまで男たちの餌になりたいなんて……。ホントに淫乱な雌豚だ！　お仕置きしてやるぞ、おらおら！」

今度は翔太が麗子の尻を掴んで指が食い込むほどに揉み、ぶっ叩いてスパンキングする。

「きゃああっ！　やめて！　やめて！　きゃあ――――っ！」

ラブホテルの部屋に麗子の絶叫が響き渡る。尻にも大量のインプラント食塩水が入っているので、爆発するのが恐ろしいのだ。翔太は巨大な肉棒で麗子のアナルを掻き回しながら、尻をぶっ叩く。英明は乳房をむんずと掴み、風船を割るような手つきで嬲る。怒張したペニスで秘肉を突き上げながら。

麗子は凄まじい痛みと心配と快楽の渦の中、喘ぎながら恐怖の悲鳴を上げ続けた。

エピローグ

達郎は証拠品を警察及びマスコミに流した。今度ばかりはＶＩＰたちもさすがに抑えることができずに、大徳寺クリニックの悪行が明るみになった。報道されると同時に、「私も被害に遭った」という匿名の通報も押し寄せ、ニュースやワイドショーは連日連夜の大騒動となった。

もちろん麗子と勝彦は逮捕され、名前は明かされなかったものの、彼らの娘のことも大スキャンダルとなった。野次馬たちの好奇心を煽るには、格好の話題であった。

夏美と達郎は、冬花の前ではマリアの話はほとんどしなかった。思い出させて、冬花の心を傷つけたくなかったからだ。

「マリアちゃん、警察に保護されて良かったわよね。処女貫通儀式の前に助け出されたのが、不幸中の幸いだわ」

達郎と二人きりになった時、夏美が言った。

「そうだね。でも……あの子は、自分がどんな目に遭っていたかも分からないんだろうな。知り合いの週刊誌記者が言ってたけど、あの子、警察で何を訊かれても『マリア、パパとママ、だいすき。パパとママ、やさしいから』としか答えないんだってさ」

達郎の話を聞きながら、夏美は遠くを見るような目をしていた。

「どんな目に遭っていたか、分からないほうがいいかもしれないわ。マリアちゃんは、分からずに生きてゆくのでしょうね。無垢《むく》なまま、ずっと」

☆

「やっぱり南仏はいいわねえ。太陽が眩しくて、風が気持ち良くて」

海辺のオープンカフェのテラス席で、夏美は大きく伸びをした。来月はクリスマスというのに、それほど寒くもなく、過ごしやすい気候だ。

夏美と冬花は、風光明媚《ふうこうめいび》なニースにきていた。加熱する大徳寺クリニック報道でとばっちりがこないよう、騒ぎが収まるまで少し日本を離れていようと思ったのだ。それに加えて、冬花の精神的な保養のためもあった。

「いいですわね。この季節なのに、海が穏やかで。眺めているだけで癒されますわ」

冬花は少し痩せたが、だいぶ元気が戻っていた。白いカシミアのセーターを着て、温かなカフェオレを啜っていた。

夏美はシャンパンを飲みながら、ニースの開放的な空気に浸って、陽気に言った。彼女はエミリオ・プッチの大胆な柄のワンピースを着ている。

「大徳寺麗子が持っていたあの宝石類、売りさばいたら、すごい金額になったわよね。やっぱり相当悪いことしてたのよ、あの人たち。捕まって当然！」

泥棒である自分たちのことを棚に上げ、夏美と冬花は、大徳寺を槍玉にあげて楽しんだ。風光明媚な地で、午後の気怠い時間。穏やかな風が、姉妹の頬を撫でてゆく。

その時、夏美がふと言った。

「ねえ、でもさあ、この間、預金残高見たら、思ったより少なかったのよね。私たち、もっと稼いでると思ったんだけれどな。危ない仕事もけっこうしてるのに、どうしてなんだろ」

春野家のお金の管理は、すべて冬花がしているのだ。姉の素朴な疑問に、冬花は微笑み、言った。

「ええ……困ってらっしゃる方たちがいたので、ちょっと助けて差し上げましたわ」

冬花の答えを、夏美はすぐに理解した。

「そうね……まあ、細かいことは冬花に任せるわ。私はお金の管理なんてサッパリだから。これからも頼んだわよ、冬花」

姉の言葉に、冬花は大きく頷いた。

☆

夏美と冬花がニースでバカンスを楽しんでいる頃、達郎は東京で独り寂しく過ごしていた。

「あーあ、冬花さん、今頃どうしてるのかなあ。せっかく仲良くなれたのに、遠いところに行っちゃって。いつ頃日本に戻ってくるんだろう。戻ってきたら、また会いたいんだけれどなあ」

そんなことを呟きながらアパートで不貞寝《ふてね》の日々を送っていると、或る日、エアメールが届いた。ニースにいる冬花からだった。

達郎さん、お元気ですか。南仏の気候が良いせいでしょう、私も姉も楽しく過ごしています。私はこちらに来て、心身ともにだいぶ元気になりました。その節は助けてくださって、本当にありがとうございました。御迷惑をお掛けしてしまったこと、深く反省しています。

もう一つ、達郎さんに謝らなければならないことがあります。

それは、『なんで泥棒をしているの』と訊かれた時に、おとなげない態度を取ってしまったことです。あの時は、ごめんなさいね。

実は姉と私は、幼い時に両親に棄《す》てられ、養護施設で育ちました。

だから姉も私も、故郷の養護施設のことを、今でも大切に思っています。こんなことは書くべきではないかもしれませんが……私たちは泥棒稼業で得たお金を、故郷の施設に時おり寄付しているのです。

幼い時から苦労したからでしょうか、私たちは泥棒という仕事に就きながらも、困っている人たちを見ると助けずにはいられないのです。姉も私も、苦労したからこそ、泥棒の道へと入っていきました。堅気《かたぎ》の仕事に就くのも、なかなか難しかったですから。

施設には、色々な子供たちがいました。親に性的虐待を受け、いつまでも立ち直れず、成人しても心を閉ざしたままの女性もいました。

そのような人たちを見てきたからこそ、マリアちゃんのことを知った時、こみ上げる怒りに突き動かされるまま、私はあのような冷静さを欠いた行動を取ってしまったのです。

御迷惑をお掛けして、本当に申し訳ありませんでした。
あの時の行動の理由を説明すれば、私たちの生い立ちも話さなくてはならないので、ずっと口を閉ざしていました。
でもニースの風に吹かれているうちに、達郎さんになら打ち明けられるような気がして……こうしてお手紙をしたためてしまいました。
こんな私でイヤでなかったら、これからも仲良くしていただけましたら、とても嬉しく思います。海岸で拾った貝殻と、白い砂を同封しますね。

Cordialement, Fuyuka
（敬意を込めて、冬花）

PS. 東京にはクリスマスの前に戻るつもりです。

手紙を読み終え、達郎は切なげな溜息をつき、そして満面に笑みを浮かべた。同封されたアメジスト色の小さな包みを開けると、貝殻と砂が現れた。南仏の陽射しをたっぷり吸い込んだかのように、キラキラと輝いている。

ニースの貝殻と砂に指先でそっと触れながら、達郎は冬花からの手紙を何度も何度も読み直した。

一〇〇字書評

切り取り線

購買動機（新聞、雑誌名を記入するか、あるいは○をつけてください）	
□（　　　　　　　　　　　　）の広告を見て	
□（　　　　　　　　　　　　）の書評を見て	
□ 知人のすすめで	□ タイトルに惹かれて
□ カバーがよかったから	□ 内容が面白そうだから
□ 好きな作家だから	□ 好きな分野の本だから

●最近、最も感銘を受けた作品名をお書きください

●あなたのお好きな作家名をお書きください

●その他、ご要望がありましたらお書きください

住所	〒				
氏名		職業		年齢	
Eメール	※携帯には配信できません		新刊情報等のメール配信を 希望する・しない		

あなたにお願い

この本の感想を、編集部までお寄せいただけたらありがたく存じます。今後の企画の参考にさせていただきます。Eメールでも結構です。

いただいた「一〇〇字書評」は、新聞・雑誌等に紹介させていただくことがあります。その場合はお礼として特製図書カードを差し上げます。

前ページの原稿用紙に書評をお書きの上、切り取り、左記までお送り下さい。宛先の住所は不要です。

なお、ご記入いただいたお名前、ご住所等は、書評紹介の事前了解、謝礼のお届けのためだけに利用し、そのほかの目的のために利用することはありません。またそのデータを六カ月を超えて保管することもありませんので、ご安心ください。

〒一〇一－八七〇一
祥伝社文庫編集長　加藤　淳
☎〇三（三二六五）二〇八〇
bunko@shodensha.co.jp

祥伝社文庫

上質のエンターテインメントを！　珠玉のエスプリを！

祥伝社文庫は創刊15周年を迎える2000年を機に、ここに新たな宣言をいたします。いつの世にも変わらない価値観、つまり「豊かな心」「深い知恵」「大きな楽しみ」に満ちた作品を厳選し、次代を拓く書下ろし作品を大胆に起用し、読者の皆様の心に響く文庫を目指します。どうぞご意見、ご希望を編集部までお寄せくださるよう、お願いいたします。

2000年1月1日　　祥伝社文庫編集部

ヴァージン・マリア　長編官能ロマン　書下ろし

平成19年12月20日　初版第1刷発行

著者　黒《くろ》沢《さわ》美《み》貴《き》

発行者　深澤健一

発行所　祥《しょう》伝《でん》社《しゃ》
東京都千代田区神田神保町3-6-5
九段尚学ビル　〒101-8701
☎03（3265）2081（販売部）
☎03（3265）2080（編集部）
☎03（3265）3622（業務部）

印刷所　萩原印刷

製本所　明泉堂

造本には十分注意しておりますが、万一、落丁、乱丁などの不良品がありましたら、「業務部」あてにお送り下さい。送料小社負担にてお取り替えいたします。

ISBN978-4-396-33399-7　C0193

祥伝社のホームページ・http://www.shodensha.co.jp/

祥伝社文庫

藍川 京ほか
秘典 たわむれ
藍川京・牧村僚・雨宮慶・長谷一樹・子母澤類・北山悦史・みなみまき・北原双治・内藤みか・睦月影郎

牧村 僚ほか
秘戯 めまい
牧村僚・東山都・藍川京・雨宮慶・みなみまき・鳥居深雪・内藤みか・睦月影郎・子母澤類・館淳一

館 淳一ほか
禁本 ほてり
藍川京・牧村僚・館淳一・みなみまき・睦月影郎・内藤みか・子母澤類・北原双治・櫻木充・鳥居深雪

藍川 京ほか
秘本 あえぎ
藍川京・牧村僚・安達瑶・北山悦史・内藤みか・みなみまき・睦月影郎・豊平敦・森奈津子

睦月影郎ほか
秘本 X《エックス》
藍川京・睦月影郎・鳥居深雪・みなみまき・長谷一樹・森奈津子・北山悦史・田中雅美・牧村僚

藍川 京ほか
秘戯 うずき
藍川京・井出嬢治・雨宮慶・鳥居深雪・みなみまき・睦月影郎・森奈津子・長谷一樹・櫻木充